原来和

春天

一样美好

辜妤洁 著

青春文学
冠军档案

山东城市出版传媒集团·济南出版社

图书在版编目（CIP）数据

原来和春天一样美好 / 辜妤洁著. –– 济南：济南出版社, 2022.1
（青春文学·冠军档案）
ISBN 978-7-5488-4887-5

Ⅰ. ①原… Ⅱ. ①辜… Ⅲ. ①短篇小说–小说集–中国–当代 Ⅳ. ①I247.7

中国版本图书馆CIP数据核字(2021)第276814号

出 版 人	崔　刚	
责任编辑	尹利华　叶　子	
封面插画	含　笑	
装帧设计	胡大伟	

出版发行	济南出版社
地　　址	济南市市中区二环南路1号（250002）
编辑热线	（0531）86131748
发行电话	（0531）86922073　86131701　86018273
经　　销	全国新华书店
印　　刷	山东临沂新华印刷物流集团有限责任公司
版　　次	2022年1月第1版
印　　次	2022年1月第1次印刷
成品尺寸	145mm×210mm　32开
印　　张	9.25
字　　数	125千
定　　价	59.80元

（济南版图书，如有印装质量问题，请与印刷厂联系调换）

原来和
春天
样美好

目 录

Part 1 轻

　　我的人生没有魔法师帮助，犯错时也没有道具来辅助，如果说手里有什么让人生降临奇迹的魔法，那就是勇气和努力。

Part 2 白

　　我想写一封信给你。

　　需要的却不只是时间。

原来和春天一样美好

目 录

Part 3 彩

> 我们每天和不同的人相遇，有些遇见让你眼前一亮，误以为他是你的男主角，结果只是路人甲乙丙丁，落幕后未留下参演姓名。

Part 1

轻

> 我的人生没有魔法师帮助，犯错时也没有道具来辅助，如果说手里有什么让人生降临奇迹的魔法，那就是勇气和努力。

远梦里

后来时间变成一枚绿叶，被我制成书签，收入了书的某一页。

如果人的寿命是六十岁，想来我三分之一的人生都已留在四川。

按部就班成长到二十几岁，稀里糊涂不知道接下来该如何继续时，生命的弧度折出了新的印记。于是我在那个秋天离开家，背着书包拖了两个大箱子，一个人乘上去往东京的飞机。

到成田机场那天，连"メールアドレス（邮件地址）"都不懂的我，自然也不知道如何连接机场的无线网络，于是傻乎乎地坐在出入口的长椅上，听着几种语言循环播报的广播，一步不敢动地等了朋友四个半小时。

身边经过的人讲着我听不懂的话，视线里出现的也不再是熟悉的文字，这里就是东京了，我心里这样想着，并没有特别的感受。好像只是在这里待一小会儿，起身之后我还会轻松地回到家去。如此迟钝的我，尚未察觉驶入隧道的火车，驶出时森林已经过去，之后迎来的是漫长的田野。

晚上十一点我被朋友领着到达东京的住处。两层楼的公寓，门口的三台自动贩卖机在深夜溢着温暖的光。绿色大门打开后，室内光景赫然出现在我眼前。白色墙壁，深棕色地板。白炽灯光线里尘埃旋转着，不知何时落下来。

入住的房间狭小，也没有家具。我打开箱子将被子在地板上铺开，因为旅途疲惫，也很快熟睡过去。第二天，在乌鸦"呱呱呱"的声音中醒来，我趴在地板上伸手将窗帘拉开一些缝隙，看到隔壁家的妈妈正站在楼梯口递给小孩子便当盒，视线再往上一点，是东京蓝得不像话的天空。

蒙蒙眬眬地，想起前一天下午我还和我妈妈在一起，进闸口之前她一直帮我拖箱子拿书包。我走进去后很远才想起回头，看到她还在原地冲我不停地挥手。而现在我一个人在东京，周围全是生涩的气息。不能再被妈妈叫起来吃早饭，不能再拉着邻居家小孩去河边散步，不能再去金马桥头买锅巴土豆，不能再一个电话想见的人就出现在眼前。

"故乡"是未拥有时才愈发珍贵的存在，她已不再是我手心的花朵，而是瞳中的银河，遥远虚无地闪耀。那瞬间我的心重重沉下去，差点哭起来。

是这样狼狈而又仓促地开始。

距离现在，已相隔一年。

直到现在也常常听到这样的关心："为什么要跑那么远？一个人会很辛苦的哦！""继续写你的小说或者找份稳定的工作不是也挺好吗？""女孩子还是不要自找苦吃比较好吧？""你到底想做什么啊？"……

辛苦啊什么的，怎么会没有呢。

有过因为日语不好，去超市买食材都心惊胆战的不安。

有过和人视线相遇时迅速别过头，担心下一秒被叫住，而我喉咙里灌铅，无法清晰说出一个词语的怯懦。

有过独自搬家，为了节省一万日元的搬家费，像只蚂蚁一样用了一整天的时间一块块挪动行李的疲惫。

有过深夜梦醒，急促的心跳久久不平，起身打开冰箱喝一杯白水，望着窗外偶尔驶过的车辆发呆，不知道该去哪里，甚至还有没有明天的悲观。

有过很多很多想哭的时候。可是在眼泪掉下来之前，总告诉自己要忍耐，不是为了坚强，而是怕崩溃。独自生活的我，早已明白哭除了徒增伤感没有任何用。没有擦眼泪的时间，还有那么多事需要自己去做，越糟糕越不该撒娇任性。

"做完事以后再好好哭。"我一遍一遍这样告诉自己。

——这些，都有过的。

有时候也会想，我在做什么呢？

为了留学，大三之后我用了一年的时间拼命存钱，和那时候正在写的《一瞬的光和永远》里的弥亚一样。或许很久以后过得并不太好的我会想"那时候真的跑到很远的地方去了呢，给自己添了不少麻烦"，但即使这样说着的我，也一定是笑着的。

曾经执着的，将来或许看淡。某一段时间里觉得不可或缺的，度过之后也觉得不过如此。"过去"是无数个"现在"，而"现在"还有无数个"未来"，即使一切都会改变，但每一个瞬间都有它独特的意义。好时光都只有此时此刻，以后不会重来。

人越长大越不自由，因为承担的东西越来越多，生活不再属于自己那一个小小的圆圈，更多时候，会选择顾及珍视的人。那些心之所向的存在，也渐渐变成遥远的梦，不可触及。

生活慢慢织出一个安全的茧，而我想看看茧以外的地方还有什么。抱着"想做的事多一件都是赚到"的想法，尽可能地去实现哪怕只是一瞬间升起的心愿。哪怕多一件。

即使明白之后会有很多磨砺，也想勇敢地张开双臂，温柔地去拥抱未来。

第一天去语言学校报到的时候，我拿着地图找了半个小时，急急忙忙又坐上反方向的电车，手脚并用地用英语向站在旁边的阿姨问路，她笑着听我说完，然后耐心打开手机帮我查最近的路线。车门打开时，她拉过我的手说："我带你去学校吧。"

这是背井离乡的我在陌生城市里，第一次感受到的好意。每一个细胞里都充斥着暖洋洋的柔软，也涌起了力量。直到现在，每一个细节都还无比清晰。

些微好意就感激涕零，傻气地要继续和世界好好相处。我是这样的人。

因为很胆小，只好拼命向前跑。

一直这样跑的话，或许有一天，我会离那个遥远的梦更近一些。

独　自

　　闭上眼睛再回想，当时的心情已像泪水里的世界，模糊而遥远了。

　　二月二十七日，我坐地铁从池袋到御茶水，电车时间十一分钟，之后步行五分钟去 M 大查看研究生考试的结果。

　　当时感冒还没好，我戴着口罩头重脚轻地行走在人群里，内心平静。也许是身处磨难太久，我已经习惯在春天播种，却按捺住一定会在秋天收获的愿望。

　　在留学之初有一所目标学校，因为想去的研究室的教授已经决定今年秋天开始休假而不能申请。十一月收到一所非常有名的大学的教授的面谈邮件，顺利得到研究生的 offer。十二月遇到灾难，丢光了在日本所有的证件而来不及在截止日前递交材料，所有人都对我说"好可惜"。人生里可惜的事太多，但真正可惜的不是破碎，而是破碎后不可修补。

M大成为我唯一的也是最后的稻草，即使春季整个专业的招生名额只有两个。

那段时间我觉得自己像被浸泡在盐水里，即使轻微与世界触碰，泪水也从眼里渗出，停不下来。我做好了最坏的打算，但上天怜悯了这个孤独的小孩，不忍让她继续受伤。

在公示板张贴的一连串数字里，我找到了和手里受验票上相同的那一串。

抬眼盯着纸扉末尾的"以上，恭喜合格！"几个大字出神很久。焦点好像聚在一朵描绘不出形状的云上，脑子里空荡荡轻飘飘。

身后电梯白色指示灯亮起，发出"叮"的声音，像是静默的时空之中破译了某种密码。紧握在一起的双手持久接触后，手心熨得渐渐发烫。

叮——

漂浮了一年多的心跳，在那一瞬间终于得到回音。

第二天出门时发现入学手续已经被放进邮箱。沉甸甸的淡绿色信件，微凉的触感像把梦握在手心。没有澎湃，没有滚烫，它只是静静地温柔地注视着我。

给家里打电话，妈妈说："努力得到了回报，恭喜你。"

而后她问我："还要继续在日本待两年了，是吗？"

一直以来我在异地上学，留在父母身边的时间很少。中学时拿到第一份稿费后去办了身份证，当时得意扬扬地跟家里宣告我可以独立了。父母总因不能给我什么而歉疚，所以对自由毫不吝啬，任由我按自己的想法去生活。

出国前有一天晚上和爸爸坐在一起聊天。他其实一直不太赞成我出国，觉得一个女孩子在外面会很辛苦，但因为所有手续都由我自己办理，一切费用也是我自己承担，他没有阻挠。那天晚上他突然跟我说："趁着年轻出去看看新的世界，能有收获固然好，但不要有压力，你要记得就算失败了还有这个家等你回来。"

我们依赖父母而非终生寄生，即使他们不能提供丰厚的物质，甚至讲不出什么大道理，可是教会我们要努力，要健康积极地长大，要培养自己独立的人格，这已然是最宝贵的财富，多么感激。

因为来之前没有日语基础，需要的学费生活费花销很大，在完全陌生的国度里没有亲戚也没有朋友，不懂的问题太多，又怕给人添麻烦，只好拼命去适应和提高。

每天早上七点起床看书，下午去学校，四点半放学后坐半小时电车赴去居酒屋打工，到凌晨一点满身臭味地拖着一身疲惫回家。从车站到家途中怕遇到坏人，总是提心吊胆，直到两点躺在床上那一刻才放松下来，被安心和幸福包围。回家太晚，吹头发会影响邻居，总是第二天提前到六点起床再洗头。周末去做中文家教，还要挤出时间写稿，几乎没有休息过。

考试不只需要日语能力，还要复习英语。除了语言，因为我选择跨专业，专业知识需要从基础开始自学。没有人告诉我该看什么书，没有人告诉我考试重点在哪里，没有人告诉我该如何写考试小论文。日语学习时间不到一年，专业词汇几乎都要查词典，进度非常慢。而内容看过就忘，只好在日文下面写出中文翻译，记住大概意思后再背日文原文，就这样反反复复无数遍才能记住大概内容。到了考前一周，每晚都在通宵营业的咖啡店度过，看书到早上五点回去，躺一会儿又该起床赶着出门。

有一天放学后在月台等车，鼻子痒以为是感冒流鼻涕，擤出来后，看到纸巾里竟全是血。依旧打起精神去打工，却被心情差的店长迁怒揶揄："你为什么每天笑嘻嘻的？没有吃过苦的大小姐，不明白生活的艰辛。"

后来去医院看医生，接待我的是位和蔼的老太太，得知我一年里通过了日语一级等级考试以及研究生顺利录取，告别前她微笑地看着我说:"你已经很努力了呢。"回家后我狠狠哭了一场,像是要一口气把那些心酸的孤独全部抛到体外。

有时候,我们得到的一切在别人看来好像轻而易举,唯有自己清楚经历了怎样的磨难。世界上有很多看似轻松随意的事,看似天造地设的爱,并非都是万无一失。失败是常态,成功才是意外。但你还是要爱,还是要成功。

为了将来回忆起来时可以微笑着想:"那时候可凄惨了,但我没有放弃,坚持了过来,这样的自己我很骄傲也很喜欢。"

——为了将来那个微笑的我,现在的我也被注入了勇气。

面试那天,我的导师问我的最后一个问题是:"做研究会非常辛苦,会有很多困难,也有许多不得不忍耐的痛苦,你准备好了吗?"

根据经验,面试出现这样的问题时代表通过的概率很大。

我当时大概眼睛瞬间亮起来,坚定地回答:"这是我正在走的路,也是我一直梦想的路,不管做研究还是作为一个人,我都会全力以赴。这不是需要忍耐的困难,而是通往未来的机会,是我应该并且一定会做到的事。"

这并不是为了应付面试而说的话。

《绿野仙踪》里的好女巫葛琳达用魔杖轻轻一点便能实

现人的种种愿望。即使犯错，只要摘下瓦·卡泰耶夫的七色花的一瓣，错误也会被掩盖。

　　我的人生没有魔法师帮助，犯错时也没有道具来辅助，如果说手里有什么让人生降临奇迹的魔法，那就是勇气和努力。

　　这是属于平凡之人获得奇迹降临的唯一魔法。

无人打扰

1. 台风天

东京十月，新闻里播报近期有台风过境，学校的公告栏张贴出放假通知。

抱着课本穿过操场去往教室时，教学楼上方的天空蓝得发虚。白色的云朵流动绵延，像被吹散的棉花糖。

视线所及之处，一切平静得毫无征兆。

"电车会停运，如果没有大事就乖乖地待在家里不要出门，很危险喔。"日本女老师用夸张的声音提醒。

从中国西南部来到日本，对台风还未有过照面，自然也无深刻的感知。

倒是为着因此得来一天假期而暗自欣喜。

第二天清晨，蒙眬醒来一次，听到窗台上噼里啪啦砸下的雨声。

因为是台风天嘛，这样想着又睡了过去。

下午拉开窗帘时一切已经停息，端了小凳子坐在院门口削土豆，抬眼望见被清洗过后的天空蓝，被这澄澈感动了好一会儿。

有彩色的半环从天空那头掠过，过了好一会儿才反应过来："彩虹啊。"

2. 秋季

某堂课上，老师提到十一月是秋天呢。

"秋天应该去看枫叶吧。"

提到赏枫，第一反应是京都，但时间有限，于是去找了旅行手册，一番对比排除，视线落定在东京都八王子市的高尾山，距东京市中心约50公里，从市中心前往，当天即可返回。

于是四五个人就这样决定了去高尾山。

新宿车站坐京王线到高尾山口不到一个小时，从车门迈出那一刻就置身于人海里。所幸大家都遵守秩序，没有让人因为这份拥挤失去出行的心情。

上山的路线有6条，可以坐缆车或者小火车什么的。几个年轻人选了徒步，之后虽然累得够呛，但"途中"这种心情，没经历过的人不会有体会。

有备而来的日本人带着地毯和便当在山顶野餐，我们失策，除了自己什么也没带。在山顶时意外能看到对面的富士山，远远望去，像一块蛋挞冰激凌。

去店里吃午餐时意外发现不算太贵，竟然有点感动。

通往药王苑的两条路分为男坂和女坂。男坂是108级台阶，女坂是相对轻松些的斜坡盘山路。我是女生，自然走女坂，自尊满满的男生们跑去了男坂。

排了四十分钟才买到的天狗烧，等了好久才摸到要"夺取天下"的章鱼。最喜欢的三福团子300日元一串，买了两串拿在手里。还没吃完手上的三福团子就看到传说中很灵验的爱情签，扔了200日元进去，挑选签的时候好像买彩票一样紧张。

在展望台上，清新的气流灌满我的大脑。

有一瞬间，想大声呼喊谁的名字。

3. 中文老师

搜房子信息时意外看到的招聘，过去询问时得知已经截止了，和负责人聊了聊，对方说："我把你追加成最后一个报名的人吧。"

后来被选去试讲。

当天早上睁开眼睛的瞬间有过打退堂鼓的想法，一边想着"好冷，让我继续睡吧""完全没教学经验一定会搞砸"，一边想着"我就去体验下"，最后乖乖起了床。

搭电车去四谷的途中听说京王线和山手线都出过人身事故，庆幸最后还是和学生顺利碰面了，然后去了上智大学的校园里。

因为完全没有经验，轻装到只背了个小包，里面装着手机、钱包、钥匙、唇膏。

笔和本子都没带。

后来连时薪和工作时间也完全搞错了。

直到学生跟我确认时才发现"喔，原来如此！"

讲课的过程里总忘词，一会儿又看看天花板说："你等下，我要想一想"，讲了一些词汇，然后说了一个《三国志》里的典故，聊了一部电影，总之稀里糊涂地讲，讲不过去就傻笑。

告别时学生夸奖我上课"好玩好懂"，还以为是日本人惯有的客气。

回来后很累（因为去超市买了一堆东西拖回来），倒在床上就睡着了。五点多睁开眼睛看到学生发来消息，大意是定了我做中文老师，跟我约下次上课的时间，我一直没回复，对方以为我不去了。

"今天见到你真高兴，很开心了，谢谢你！"

"隔周的星期六上课也可以吗？"

"方便吗？"

"我真的很想跟你一起学习。"

我醒来后赶紧回复说："可以呀。"对方很快回过来："你同意了我就放心了。"

"以后多多关照，老师。"

4. 整整齐齐

可以拍胸脯说，东京是个多风的城市。

从车站步行回家需要十多分钟，在巷子里缩着脖子往家走时，身旁传来声音："今天风好大呀。"

回头看到一位推着自行车的阿姨，推着车的右手分出一些空间抓着一柄黑色的伞，头上戴着一顶有意思的小圆帽，口罩外露出的眼睛笑眯眯地看着我。

意识到对方是在跟我说话之后，我点点头："是啊。"

接下来一起走了很长一段，乱七八糟感叹天气差。

"东京的风很多，但今天真的很强呢。"

才说到这里，又涌来一阵，前面车篮子里的一块围布"咻"地就被风刮跑了。我跑去帮她追。

穿过巷子后，经过一段马路。等绿灯时，她问我春假打算去哪里，我说还不知道。

"年轻的时候要多出去玩，像我现在做了主妇后，哪里都不方便去了。"

然后她说起以前住在北海道那边的一个小镇里，想去北海道的时候因为没有钱买车票，所以就骑车过去了。

"说起来都是几十年前的事了。"

"那时候很自由呢。"

今天做什么，明天做什么，今年要怎么样，明年又要怎么样之类的东西很少去想，忙得一塌糊涂的时候也会突然冒出"我好闲"的想法。

试想了下"如果从生活里取消 XXX 会怎么样"，把 XXX 等同很多大大小小的事，然后发现好像也不会有什么太大的变化，怎么样都能活下去。

不过等很久以后，说不定我也会说着类似的话，"那时候突然就跑到国外去了啊，也没想过要怎么样，反正就想着离开现在的地方，看看新的世界也好。"如果那时候的我不太好，大概还会加上一句"给自己添了不少麻烦，真是傻乎乎的哈哈"。

每天都像温水一样列着序号。

就像站在长长的队伍里排队，晴天或者阴天，平稳或者跌宕，看看天气，查查路况，偶尔跟身边的人聊几句。如果运气好，遇到的是投机的人，可以说笑一段路程。

1 之后是 2，2 之后是 3，抬起脚是向前，停下脚是倒退。

累了就去旁边喘口气加加油。

如果刮风下雨就跑起来，跑去安稳的地方。

就这样度过今天，再迎来又一个今天。

日子整整齐齐，也不算坏事。

耐心排队的人，生活会奖励糖果。

大概。

5. 歧路

天气好一点时，我和朋友约了下午茶。

在表参道车站碰面，两个人顺着原宿的方向往前走，然后坐在咖啡厅里聊在东京的学习以及写作的事，也说起彼此的发小、同学、闺蜜、悸动过的人。

恍惚间觉得那些是很遥远的事了。曾经亲密无间，后来彼此互不知晓。

但这些在十几岁时似乎从未想到，总觉得有些人是我世界里的小太阳，无论什么时候抬头，都明晃晃挂在那里。原来有一天 TA 会变成浩瀚星空里无数星星中的一颗，需要仔细辨别才能找到。也许再后来，我将忘记那个少女的名字、忘记那个少年的脸。

——在对方的世界里也一样。

很多再见悄无声息，很久以后才能察觉。

"来不及""已过去"。

朋友认真地说，不是时间磨损了感情，而是我们选择了不同的道路，拥有了不同的人生，感情并没有改变，只是渐渐不能同路了。

"但在新的人生旅途里，我们又认识了新的同伴。这样往前走就很好，不是吗？"

人与人之间的感情像流动的水，不知道什么时候就有了不同的方向。

即使如此，我记挂着很多人，也希望他们在我不知道的地方还爱着我。

他们也许偶尔也会想起我吧？

当然，忘记也没关系。

6. 时间

回来后翻看了个人主页的留言板，笑眯眯的，犹如被爱过的证据。

人可不再见，记忆会消散，但时间都记得。

原来时间并不是一个悲观的词。

因为会消失，所以才要抓紧现在。

我们来制造更多回忆吧。

在永远不会重来的这一天，这一分，这一秒。

我们的拼图

1

凌晨一点四十分。

风声在听筒里碎裂成无数块，刺耳却不敢怠慢。

我集中注意力辨别着电话那头小鸠的动向。

她从喧嚣的车站走向寂静的深夜街头，她握着微烫的手机，心跳加速地奔跑过黑暗的长巷，她冲上楼站在门口，从背包里翻找钥匙，打开门，关上门。听到她终于长吁口气，感叹"报告，活着到家！"之后，视频这头坐在床上的我也如释重负地靠回枕上。

手机已经发烫。

之后一会儿我们谁都没有说话，也没有挂断。

她左手持着手机贴在脸颊，我听到她渐渐平复下来的呼吸声。

半小时前，打完工回家路上的小鸠在电话里带着哭腔对我说："我好像被人跟踪了。"我让她先冷静，然后问她附近有没有朋友家，或者让朋友来接。她说没有。

"你之前关系不错的男生呢？"

她说对方工作很忙，现在已经睡了，而且最近已经联系不多。

我想了想，说："那找他来接你。"她又固执不肯。

她胆小任性爱撒娇，却又总怕给人添麻烦，只好为难自己。

挂电话前她才轻声说："其实我有点伤心。"

我明白她的难处，可是隔了一个日本海的我也做不到立刻奔去她身边。

我抿了抿唇，说："我知道。"

"谢谢你啊，Yu。"她又恢复了以往笑嘻嘻的口气。

挂了电话后，我发了会儿呆。那个笨蛋一定会偷偷哭吧，我这样想着，愈发为不能安慰她而懊恼。

2

第一次见到小鸠是在 2010 年的冬天。

我们参加了同一个比赛，复赛地点在上海。

在一百多人的入围选手群里，她给我发来添加好友的验证，内容是："好巧，我们的头像用了同一张景点的照片。"

一个月后，我们在上海见面。

在泰安招待所的大厅里，她一个人像只小猫一样窝在沙发里玩手机，我走过去时她抬眼冲我笑笑。

"Yu 老师，你来啦。"

她总这样戏谑地叫我，软绵绵像个小学生的口气。

尽管之前小鸠说了好几次自己很矮，但没想到她那么娇小，目测身高 150 厘米左右，因为白白瘦瘦，让人不禁涌起要保护她的念头。

我们住进 402 房。她像只小兔子一样蹦蹦跳跳地打开空调，帮我放行李，找一次性拖鞋，脸上始终露着甜蜜的微笑，眼角弯弯。

喝完小鸠递来的牛奶后，我很快睡去，一不小心补睡过头，醒来时天已经暗下来，我侧头，看到小鸠靠在隔壁的单人床上玩着手机。

她听到动静，抬眼看向我，笑容更深一些："睡好了吗？"她的声音很动听，轻飘飘的，像一片被风吹起的轻盈羽毛，不知道停在哪片云朵上去了。

洗漱完毕，我们赶去选手们聚集的东北菜馆吃晚饭。因为去得晚，自我介绍时间已经过去，我们都是不擅长被注视的人，悄悄坐在角落的位置，竖着耳朵听别人讲话。听他们聊一些八卦或者某本喜欢的书籍，到了好笑的地方就互相对视一眼跟着笑。她知道我喜欢吃什么，一直往我碗里夹菜。

"多吃点，你太瘦了。"她督促我吃蔬菜，"要注意均衡营养。"

"是，小鸠妈妈。"那会儿我还不好意思对她要脾气说不吃胡萝卜，只能冲她吐吐舌头回应好意。

饭毕有人提议去美罗城的 KTV 唱歌，于是一群人浩浩荡荡出发。等红绿灯，过天桥，经过繁华的街道，上海的夜晚笼罩在我们十八九岁的脸上，笑声里浸泡着的全是梦想和希望。

现在想起来也不禁感慨，当时怎么会那么美好呢？是因为年轻和梦想，还是因为美好的小鸠呢？

后来，我们从 KTV 包间逃出来，坐在走廊的沙发上继续聊天。大厅里的其他选手小声议论着："那个穿墨绿衣服的是不是小鸠？"之后，有几个大胆的女生终于跑过来问了，得到肯定答案后，一群人跑过来拉着她签名。那时候我才知

道她之前已经拿过几次一等奖，也出版过个人作品集，在这
个圈子里很出名。

"好像冬天就应该在上海度过，说不定会遇到什么好
事。"小鸠这样跟我解释她继续参赛的缘由，"你看，这不
是遇见你了吗？"

她相信奇迹，每天期待迎接新的邂逅。这样的她想要遇
到更多的人，于是越跑越远。

四年以后，她去了东京，而我留在上海。

3

第二天午休时，我打电话给小鸠，想知道她心情有没有
好些，但没打通。

过了一会儿，她给我发信息说正在打工，今天东京阳光
很好，她心情晴朗。我什么都还没说，而她全知道。

小鸠去日本前没学过日语，去念研究生之前先在语言学
校学一年语言。她早上9点到12点上课，12点半赶去学校
附近的居酒屋打工，周末抽出时间写小说。时间被挤得满满
的，生活得像只陀螺。

尽管喜欢日本的樱花，但小鸠去留学算是临时起意。

大三那年夏天，她在某个午后醒来，赤脚站在窗台边喝

水，惺忪着眼睛望着对面橙色的公寓。风吹来时，窗台上的绿叶晃啊晃，她脑子里突然冒出毕业后去留学的想法。之后用了一年时间拼命存钱。

"我觉得人生像拼图似的，每天捡一些碎片，不到最后就不知道拼凑成什么样。如果只在同一个地方，过同一种生活，面对同一栋楼，碎片的内容大致相同，想想挺悲哀的。"小鸠笑了笑，"现实一点来说，当时的我醒悟了自己的狭隘和窘迫。我即将毕业，之后该做什么却全无打算。每天睡去醒来，醒来睡去，写不出任何东西，我厌倦这样的生活，我感觉自己的生活被那扇窗户钳制了，有种窒息的感觉。我只想要逃，去更远的地方。不是为了实现什么，而是为了寻找。"

说起这些的时候，是她第一次回国的夏天，在成都转机停留一晚。她本不用如此周折，全是因我。那时候我打算辞职去上海，家里不同意。她存够机票钱回来看我。我去机场接她，见面后什么也没说，只给我拥抱。她那么瘦，我却被温暖击溃，充满了力量。

晚上，我们去吃火锅，然后站在十二楼的阳台上喝啤酒。天空是墨蓝色，星星亮亮地挂在上面。小鸠穿着我那条皱巴巴的睡裙，洗完澡后长发还湿答答的，她的目光转到楼下，车小小的，人也小小的，陆地上的星星比天上还多，易拉罐里的气泡在跌入喉咙时"咕噜咕噜"地响。

"那你寻找到了吗？"我问她。

"还没有。"她回头笑着看我，"Yu你真的要放弃现在的生活，只身去上海？"

"如果我在上海不如意，就去东京投奔你。"我说。

"那我不希望在东京见到你。"小鸠表情很认真。

4

小鸠跟我讲过一些她中学时代的往事。

高二那年的平安夜，晚自习下课后背着书包独自回家的小鸠经过大操场时，一个男孩突然跑过来，往她手心里塞了一个苹果。那时候，大操场的路灯坏了好几盏，隐隐约约只看到他高高瘦瘦的轮廓，他的手还没撤回去，小鸠感受到他的手心因为紧张有些湿润，却很暖。但她尚未反应过来怎么回事。

这时候路旁的照明灯突然绽亮，眼睛被强光刺激得眨了眨，小鸠看到他背着光站在她面前，脸上腼腆地笑着。

"给你。"他的声音有些低低的，让人沉迷。

十六岁的小鸠在家里是乖乖女，在学校是优等生，在杂志上是有灵气的写作者。因为那一个有温度的苹果，小鸠情窦初开，稀里糊涂地投入了早恋的海洋。

那个男孩虽然贪玩，但成绩不错，临考前两人会一起去图书馆学习，成绩没有落下，老师睁一只眼闭一只眼过去了，偶尔上课还会在小鸠回答完后点男生的名字，全班一起起哄。

有段时间，小鸠忙着写新作品，忘记了交作业的截止日，惊吓了半天发现没事，那个男孩知道她不擅长理科的东西，给她做了一份交了。每次学校开会，那个男孩总是坐得远远的，小鸠不经意回头就看到他的目光。

七夕，学校的大榕树上挂满了祝愿，室友拍了照片回来说看到那个男孩写给小鸠的话。不是什么特别的句子，简简单单的一句话："希望小鸠健康快乐，顺利完成新书，别再熬那么多夜。"没有深情甜腻，却击中小鸠柔软的心。

"世界上好人那么多，可是能让你心动的屈指可数。高二那年他递给我苹果的瞬间，我真觉得是奇迹。"小鸠说。

5

高中时，我们不在同一个城市，高三约好去同一个城市念大学。那时候我们相距遥远却心心相印。后来，我和小鸠考到同一个城市，虽然学校隔得远，但一想念就能马上见面。

我们保持一个月见两次的频率，吃饭或者下午茶。会给对方推荐好看的书和电影，遇到喜欢的饰品就给对方也买一件。

大学里，小鸠和那个男孩分分合合，小鸠总来找我，不哭不闹，有条不紊地告诉我细枝末节，冷静，但咖啡凉了，她的神情有着淡淡哀伤。

我也拿不出好的建议，只好做个倾听者。

天晴时陪你一起晒太阳，雨落时，也与你共淋一场雨。

6

2014年冬天，一个朋友突然去世，我给小鸠打电话。

她忙着升学和找新的打工地点，每天都睡得很晚。得知这个消息时，她越发无精打采，整个人很憔悴。视频里的她什么话也不说，傻傻地发了一会儿呆，然后眼睛就红了。

"要珍惜身边的人。"她红着眼睛对我说，"抱　抱。"

视频里她的表情让人心疼，之后我每天提醒她一定要注意休息，别太拼命。看她越来越瘦，只好隔段时间给她寄吃的，大节小节抓紧机会给她发红包。

一个人在外面有多辛苦，我清楚，一想到她匆忙赶去上课，去打工，大半夜还在坚持写作或者改稿，又独自去超市买菜，被挤在满是上班族的电车里被隐没到快不能呼吸的模样，我就心疼得不得了。

大二那年，我接到家里的电话说奶奶病重，癌症晚期，年事已高，动手术风险太大，只能靠药物维持。家里积蓄不多，我不愿给父母增添困扰，暑假里努力兼职写稿。小鸠没打招呼突然跑来，给奶奶按摩讲笑话，天热了替她擦身体，看奶奶疼起来时就躲在医院外面哭，我妈妈感叹小鸠更像亲孙女，小鸠说是奶奶好。

有一年春节，奶奶给我红包时让我给小鸠带一个。小鸠回家后给我发短信，说也在我抽屉里留了礼物。我打开看，是她的存折。她说是自己存的稿费，给我交学费和给奶奶买营养品。

得知小鸠的留学打算后，我也努力存钱，想帮她分担一些。

上海的冬天越来越冷，我在手机里设置了东京的天气，偶尔查看小鸠的晴雨。她也是。她总说朋友很重要，"所以我很珍惜你，Yu 你要好好的"。

工作以后，小鸠顺利过了日语最高等级的考试，顺利出版了新书，也顺利进入了自己理想的研究院。

7

小鸠和很多人都能轻易玩到一起，但很少主动。她的通讯录里只有几个人的号码，基本不主动给人打电话。有时候她对自己失去信心，问我："Yu，我是不是特别不讨人喜欢？"

"笨蛋。"我凶她。小鸠，理智却天真的你，胆小却勇敢的你，大大咧咧却温柔努力的你，一边说着"很糟"一边又鼓励自己"会好的"的你。

怎么会不好呢？

这样的小鸠现在独自在日本，听力不太好，常常听不懂客人的要求，但因为爱笑，犯错也很快被原谅。也会因语言不通，最初常常花一个小时才能找到回家的路。不过辛苦坚持了一年，她现在渐渐好转。

但她还没有交到很多朋友，在陌生的国度里，半夜回家，走在漆黑的路上，只会憋足一口气拼命往家跑。我脑海里冒出她可怜巴巴的样子以后就挥之不去。

闲暇时，翻着相册里和小鸠为数不多的几张合影，又把她的朋友圈刷了一遍。

她一个人在东京很孤单，即使软弱的时候也鼓励自己要加油，对着镜头露出笑容。

耳朵里回响起那晚的风声和小鸠颤抖的声音，我突然红了眼眶。

在这纷杂的世界里，透明而轻盈的小鸠，我多么希望你幸福。

想跨过时差和空间，一如多年以前，在对方软弱时，就给出一个大大的拥抱。

我时时刻刻都这样想着小鸠，冬天就变得温暖起来。

Part 2

白

原来和春天一样美好

我想写一封信给你。
需要的却不只是时间。

若无其事地相逢

每一秒都可能变成故事，每一秒也可能错过，继续去往毫无相关的未来。

那一秒你主动了，或许我们就会有故事。

结束为期一个月的暑假，九月初，我从成都返回东京，因为改签了机票，要去上海转机。

独自坐在等候区里百无聊赖等待时，一直玩手机的我在某个抬头的瞬间，看见了他。

短发，清瘦，大概一米八以上的身高，脖子上挂着耳麦，身上穿着样式简单的黑色 T 恤和黑色休闲长裤，运动鞋，背上是黑色的双肩包，一只手抓着机票，另一只手拉着登机箱。他面无表情地站在通行路口，目光掠过等候区一排排数字，之后朝我这边走来。

他在我不远处坐下，我低头继续刷微信。

登机后，他坐在左边靠窗的位置，而我的位置右边靠窗，中间隔着四个人和一条走廊。两个多小时的飞行里，旁边的男生总问我一些无聊的问题，为了不打扰周围的旅客，偶尔我会侧头回答。因为他个子很高，余光里看到座位另一头他蓬松的黑发。

已经回到东京的一天晚上，做完作业的我打开电脑，在微博上看到一段视频，里面说："一天由 86400 秒钟组成，每一秒钟都有无数种选择、可能性和决定。而只有一种能表现出来。86400 秒钟，这是其中一秒。"

我们每天有无数次类似的经历，和不同的人相遇或者重逢。频率相同时发现彼此，掠过的视线匆忙，没有涟漪地经过，若无其事地继续接下来的人生。

如同当时的我们，只是这样短暂而普通的相遇，彼此的目光微微停顿几秒，匆忙记住对方模糊的模样，也匆忙忘却。

如果到此为止，我大概也早已忘记曾遇到过他的事。

——是的，还有"后来"。

飞机停止滑行，旅客们逐一走出机舱。我坐在靠窗的位置，动作慢也不喜欢与人拥挤。过道里源源不断的行人经过，我不好意思阻断通行站在过道中间去取架子上的行李，只好站在原地等待。下意识抬头，发现处境相同的他正看着我。等待的几分钟里，我们无奈地对视了几次，谁也没有说话。

等到终于有一点空隙，我正想去拿行李，发现他已经动作很快地占据了过道的位置，侧身，轻松地从架子上抓住了登机箱的把手。后面的人恢复通行继续过来，我站着尴尬，坐回靠过道的座位里，打算等人走得差不多了再起身。然后发现那个人并没有拿下箱子，而是放开手也坐回了靠过道的座位。

和我一样怕麻烦的人呢，我想。

在飞机上的唯一一次交集，是等到旅客剩下不多、终于可以轻松起身的时候。个子不高的我伸手去拿行李箱，他快一步帮我取下来。

有了这微小的默契，后来在机场大巴里，他留了旁边的位置给我。

第一次交谈是去往安检的长廊里。身边很多行人经过，我们不知道为什么走在一起。他把耳麦挂回脖子上，问我去哪里。

"东京。"

"是在上海转机吗？"

"嗯。"

"……哦。"

话题终止。

化解尴尬一般，我木然地想起应该问他去哪里。他声音很轻，也因为身高差，说了两遍我也没有听清。大概因为我始终一副"什么？"的茫然表情，他突然停下脚步低头靠过来，在我耳边一字一顿重复说一次："学校。"

突然拉近距离，他的声音清晰地传入我的耳膜。温和的，像速度慢下来的光。我呆掉了，脸上迅速烫起来。他继续走路，而我跑进了附近的洗手间里。

站在水池前掬了一捧水给脸降温，想起 17 岁那年平安夜，大脑一热跑去拉住某个人的手臂，他看着我问有什么事，我愣了下说："我们在玩真心话大冒险，现在我要问你问题，你能配合我完成任务吗？"

他说："你问吧。"

"你有没有女朋友？"

"没有。"

"好的——"

勇气耗尽，之后每次在走廊上碰见他都垂着头跑过去，直到距离很远了才回头望着他的背影叹气。

我是三句话里会有两句笑着说的人，看起来开朗迷糊神经大条，骨子里却是胆小害羞的人，也不擅长与男生相处。

这么多年以后，仍旧一点长进也没有。我望着镜子里自己湿漉漉的脸，有些沮丧地想，刚才突然跑掉，对方大概也觉得我很奇怪吧。

却没想到的是，当我从洗手间出来，已经变得空荡荡的长廊里，毫无预兆地看见应该离开很久的那个人站在前方不远处，清瘦的身影被蓝色包围。直到在我仰头望着两边的指示牌研究该去哪里时，听到他的声音才确定是在等我。

"走这边哦。"他冲我招手。

"是吗？"我傻乎乎地跟上去。

气氛变得轻松起来，我们有了短暂而愉快的交谈。家在哪里，住在哪里，会去哪里玩，现在读什么学校，甚至跟我说起选择就业城市的困惑。"是这样吗""哦""很好呢哈哈""没关系"，我这样回答着他。

聊了那么多，独独忘记询问对方的名字，或者说故意没有问起。

"你下午几点的飞机？"快分别前，他这样问我。

"5点40。"

他看了看一直拿在手里的手机："还有三个多小时，要不要去市区逛一圈？"

"太远了，还要去换机票之类的，怕很匆忙。"

"倒是可以去机场的书店。"他自言自语，"不过可能你觉得很无聊吧。"

在下楼的扶梯里，他指着远处的行李传送带问我要不要去拿。我告诉他在成都时已经把行李直接托运到成田机场了。

"去东京的话，转机要去那个入口。"他指着不远处的转机口告诉我。

"嗯，谢谢。"

接下来我们谁也没有说话，沉默了一会儿。

"那我进去了。"我开口，"今天谢谢你。"

"没关系。"

我拉着箱子往前走出一段距离，听见他的声音。

"喂——"

"什么？"我转身看回去。

他紧紧盯着我，同时抬起握着手机的右手。过了几秒，没有表情的脸上融化出一抹笑容，手也随之挥了挥："路上小心。"

"嗯。"我笑起来，"你也是。"

下一秒我们同时转身，朝不同的出口走去。我没有回头，一次也没有。直到在转机入口处认识一个神奈川大学的女孩，约好一起去换登机牌的途中她问我："那是你朋友吗？"

"谁?"

"那个人。"她望向身后,"刚才看你们一起下扶梯,你过来时他还一直站在那里看着你……哦,已经走了。"

我才察觉什么似的转身,只在远处隐约辨认出他清瘦的背影,下一秒消失在出口处。

"一天由 86400 秒钟组成,每一秒钟都有无数种选择、可能性和决定。而只有一种能表现出来。86400 秒钟,这是其中一秒。"

每一秒都可能变成故事,当然,每一秒也可能错过,继续去往毫无相关的未来。

——算了。

——就像 17 岁那年,穿着宽松的校服留着齐刘海的那个傻乎乎的我,轻轻叹口气。

我可以喜欢你吗

你有暗恋过人吗？

那种内心很渴望很渴望对着他把"我喜欢你"四个字大声说出来，表面上却又不得不装作一副云淡风轻的样子。

会忍不住偷偷地去接近他，和他说话时的每个表情都恨不得事先练习过。

被他看着时，会连呼吸都变得急促，嘴里小心翼翼地说每一个字，又怕那点点小心思会从眼里跑出来。

甚至每次擦肩而过时都会忍不住脸颊发烫。

有时候会绕过很长很长的走廊，经过操场，走到附近的林荫路上，只为了能多看他一眼，会寻一个他看不到的角落，仔仔细细、认认真真地将他踢球时的每一个动作都牢记在心底。

会存起零花钱去买回一本带锁的日记本，怕被父母发现便在关灯后躲在被窝里打着手电，用黑色的中性笔记录下和他有关的一点一滴。

会在分开后，跑到他学校的后门，傻乎乎地隔着铁栅门看他待过的教学楼、操场、每一个可能出现过的地方，觉得这样便和他又靠近了一点。

你有过吗？我，有的。

小学六年级时，镇里的所有学生被转到中心小学重新分班。

第一节课是自我介绍，初来乍到，大家都很兴奋，叽叽喳喳交流着，努力想要留下好印象。后来选班委干部，班主任对我们这群外来的学生不了解，采取自我推荐的方式，从班长到小组长，全被人揽走了。只有在选副班长的时候，那个年轻的女老师突然想起什么似的指着我身后的地方，说："xx，你想做副班长吗？我听说你还拿过演讲比赛的奖，来新班级也要积极表现呀。"

她手指着我身后的地方，教室里安静下来，我和大家一样好奇地顺着方向回过头。

就那样看见了他。

他坐在我身后隔了两张桌子的位置，阳光轻轻地洒在他的脸上。

　　那天他穿的是一件灰白相间的条纹衬衫，头发短短的很精神，皮肤白皙干净，眼睛很清澈，琥珀色的瞳仁看起来像是一汪清泉。我从来没有见过那么清澈的眼睛，清澈到让我心里柔软下来，漾起一江春水，化成散不尽的涟漪。

　　那时候的他是一个腼腆男孩，被大家这样齐刷刷地注视，脸唰地一下通红，然后移开视线有点小冷漠。看着那样的他，我忍不住笑出来。可是我知道，他没有看任何人，当然也包括我。

　　后来我被选为学习委员，脑子里冒出来的第一个想法竟然是："真好，以后可以找机会和他认识了。"

　　那天中午，所有班干部都被叫去办公室开会，班主任说了什么我也没好好听进去，背挺得直直的，圆珠笔在本子上乱七八糟地写着重点。

　　他坐在我的斜前方，在笔记本上认真地记着安排事宜。而他旁边坐着的是我们的新班长小夕，和他一样是中心小学的"土著"。很瘦很漂亮的女孩子，举手投足间尽是大家闺秀的气质，她也认真做着记录，逢到没听清楚的地方便靠近过去小声地问他，看起来似乎关系不错。

　　散会后大家往教室方向走，下楼时我和他隔得很近。

一时不知道该说什么，便问他借笔记本，理由是会议中途笔芯没油墨了，班干部里我还一个都不认识，而我们是座位最近的。

他想了想，把本子递到我面前。

我赶紧说抄完后就马上还给他，他淡淡地说好。

声音低低的润润的，我好像闻到了核桃淡淡的清香。

xx。笔记本里写着他的名字，字迹端正，至少在男生里算写字好看的。笔记做得有条有理，我想他应该成绩很好。

后来也跟他借过几次笔记，开会的、上课的，等差不多习以为常后，课间我回头求救地看着他时，他会主动地将上堂课的笔记递给我。

嘿，xx 同学，你知道吗，每次抄你的笔记时都会小心翼翼，翻开的每一张页面，我都怕把你的本子给弄脏了，哪怕是折叠出的印记，也担心不是你喜欢的深浅。

除了最后一次。

我告诉他在抄笔记时，因为前面的同学在打闹，不小心碰翻我的桌子，所以扯坏了他的本子。

我很心虚，只敢用眼睛余光偷偷打量他。

他说没关系。

我仔细听，听不出那三个字里有虚假的成分，于是松了一口气。

我急着去买胶水来把本子粘好，结果是他自己动手的。当时我就坐在他旁边，我们第一次靠得那么近，窗外盛开着大串大串的紫藤花，斑驳的光影跳跃在他长长的睫毛上，却投影在我心里。我恍恍惚惚，脸颊发烫。

那一年很快过去，除了笔记之类的正事，我们没有其他交集，我甚至怀疑他是不是有好好记住我的名字。这让我有点难过。

后来去班主任家领毕业成绩那天，我去得有些晚，屋子里聚集了很多同学，椅子早就被坐满了。我的视线很快定格在他身上，他正安静地坐在人群中，低头看手里领到的毕业资料。

他旁边的位置坐的依旧是小夕，她开朗地跟其他同学说笑着，看到我时笑着和我打招呼。正和她打闹的女孩子顺势推了她一把，她倒在他身上。那个女孩子得逞似的大笑起来，大家也跟着笑，彼此心照不宣。

小夕也不在意，重新坐正身体后，吐吐舌头说了声抱歉，眼睛弯弯像月牙。是的了，她是班长，他是副班长，那时候就被大家开玩笑。

我不知道该说什么，默默地站到了他对面的角落里。

班主任很开心地说,毕业考试中有两个同学的数学拿了满分,一个是他,另一个是我。大家很捧场地鼓掌吹口哨。

那是我们的名字第一次被人一起提起。

我情不自禁看向他,没想到他也正好看过来。

因为这个快乐的对视,让我之后的整个暑假都过得喜滋滋。

嘿,xx同学!

小学六年级,我们十三岁,如果那时候说我喜欢你,你会怎么想呢?

初中我们依旧同校,开学那天我起了个大早去学校看分班名单。

五张公告在墙上一字排开,我仰起脑袋,半眯起眼睛,目光在一个一个名字上面掠过,前四张名单看下来,我松了口气,没有我,也没有他。

我笃定我们都在最后一张公告里,也就是说我们未来的三年还是同窗。

这样一想,我心里乐开了花,得意地哼起小调调。

在第五张公告里,我的名字排在第一个,但直到最后一个也没看到他。我把五张公告又仔细看两遍,还是没有他的名字。

嘿，xx 同学！当时我以为你像他们说的那样，被父母转到市里的初中了。那一刻我超级沮丧，沮丧得似乎未来三年都没什么乐趣了。

去领桌椅到教室报到时，身边的氛围像回到一年前到镇中心小学的初日，大家都很激动很兴奋，我一点神也提不起来。

在学校迎新集会上，我也心不在焉地耷拉着头，看到我那个样子，新同学都识趣地没一个来搭理我。

直到听到那个鸭子嗓音的校长说初一的六个班都非常不错之类的云云，我才好奇地问站在旁边的同学，我们初一不是只有五个班吗？她不可思议地看着我，说，你不知道我们是六班吗？

我仔细回想，却想不起门牌上的数字到底是几，可是学校的分班名单明明不是只有五张吗？

她解释说，一班是多交一千块钱的学生才可以念的，不需要学校分配，所以学校公布的名单只有五张。

这时候初一的新生代表上主席台讲话。我听到熟悉的声音，是小夕。她第一句话里就说她是一班的。我想起来，之前好像也没看到她的名字。

我心脏怦怦跳，踮起脚尖努力在一班的队伍里搜索。

果然，我看到了他。

心里沉甸甸的大石头在那瞬间落下，我深吸口气，好像重新活了过来。

嘿，xx同学！我家并不富裕，所以收到录取通知书时，对那张去一班的申请表格并未放在心上。我们不能做同窗了，至少还能同校，也挺好。

后来我很努力学习，当选了六班的班长以及初一的学生代表。成绩在班级前三名，班级事宜也管理得井井有条。第一学期过后，其他班的老师常常把我当成模范在班上讲，我打听了，一班的老师也讲过，这让我很害羞又快乐。

听说他还是话很少，也不愿意当班干部，但成绩很好，尤其是数学和英语，有些女生还会跑去一班的教室门口看他。

我心里有种莫名的小骄傲和小失落。有几次我想混在花痴女里去偷看他几眼，但没敢。我怕他觉得我肤浅没头脑，我不想他看轻我。

不过我知道他喜欢踢足球，所以常常绕过长长的走廊，假装经过操场，然后不停地看他。嘿，xx同学，有没有人告诉过你，你踢球的样子超好看。

那会儿年级里好像有一股妖风，不管什么小动静，都能吹入人耳。听说他和小夕依旧关系不错，有一次我从语文办公室出来，在走廊上碰到他们抱着作业本上楼。擦肩而过时，小夕微笑着和我点头示意，但他的目光一点都没放在我身上。

走廊上有穿堂风吹过，我看着自己的影子在地上晃啊晃，觉得有点冷，然后觉得鼻子酸酸的。

初三毕业升高中，每所镇中学的前二十名被召去县一中考试。而且规定不管分数如何，只有在县一中考点的学生，才有报考县一中的资格，带队的是年级主任、生活老师、一班班主任以及我们班的班主任。

中考前一天，我们二十个人坐在学校安排的大巴车上去往县城。我拎着行李满头大汗地追赶上车时，只剩下最后一排还有座位。大巴的前面都是两人座，最后一排是五人座。而他估计也来得晚，坐在最后排。我犹豫了一下，接着走了过去。我没想到我们能坐一起，一路上心脏扑通扑通地乱跳着。

到县城有一个多小时车程，途中很多人都选择了睡觉，他右边的小夕也在脸上盖了个帽子睡着了。他就坐在我旁边呢，我想等他睡了以后再看情况，谁知道他居然一直盯着窗外的风景。

自从走廊事件后，我默认他已经忘记我了，一直没敢开口搭话。

"你有带什么书吗？"突然听到他的声音。

"嗯？"我听到了，但大脑卡机一时听不懂中文似的。

"还有好一会儿才到呢。我在想你不是作文写得很好吗，如果有带好看的书可以借我看看吗？"他解释说。

我后悔没多带几本杂志之类的，木讷地递给他一本古诗文背诵。那本书上面的笔记我做得最认真，字不是太潦草难看。他跟我说谢谢，然后翻开埋头看起来。

原来他还记得我，而且知道我语文成绩好。

我迟钝了好一会儿才别过头，假装望着另一边窗外，内心的小人儿捂着嘴扭腰笑。

我们入住到学校安排的宾馆，歇定后去大厅集合，结束后自由活动。

我的班主任忘记说晚饭后的娱乐事项，于是让我去各房间征询大家要不要参与爬天梯活动。

敲到他的房间时，在等他开门出来之前我有好几次都差点忍不住掉头逃跑。他洗了澡洗了头发，换了一件灰色的连帽衫。那会儿我们站在门里门外，我能闻到他身上沐浴露或者洗发水的味道。

我脑子又卡机，组织不好语言。好在他自行整理出信息，然后问我说："你们都要去爬天梯吗？"我点头。他想了想说："好，那等会你来叫我。"

嘿，xx同学！你竟然说让我来叫你！也许对你来说只是顺口，可是对我来说却是"天哪！"

在我陷入脑补大戏的几秒，气氛变得有些尴尬。反应过来后，我无地自容，跌跌撞撞地跑开，闷头闷脑还差点撞到透明玻璃上。

我听到他"扑哧"一声笑了出来。

我窘得要死，没敢再回头看，赶紧跑开了。

我不确定，他是不是真的在后面笑了。

晚上我没能去成天梯。

晚饭是自助餐，餐厅地板太滑。我取餐时摔倒在地，还带翻了酒店的托盘打碎了几只碗，吸引了周遭的围观。脚踝快折断似的，我忍痛面红耳赤地站起来，只想快点逃开事发现场。

嘿，xx同学，我乞求上苍，希望你没有看到我的狼狈窘迫。

到了出发时间，我借口要复习留在房内，然后卷起裤腿，发现脚踝已经肿成萝卜，被吓到了。

想着明天就要考试了，得出去买点药才行，没想到在走廊上遇到了他。

他先前在后面看我扶着墙一瘸一拐，等我发现他出现在旁边时，想假装没事已为时已晚。他低头看我的脚，皱着眉头问我是不是刚才在餐厅里摔成这样的。那一瞬间，我无地自容到想大哭一场。

他爱踢球，学会些救急方法，观察一番后说应该只是普通扭伤。

他去帮我买了药和纱布。敷药时，他的动作小心翼翼，我坐在那里一动也不敢动，感觉自己全身的肌肉和骨头都快因为紧张而绷直到拉伤了。

当碰到伤口处时，即使我尽全力克制，依旧有几分条件反射地往后缩。

他抬起头问我是不是很疼，声音温和，像关爱患者的医生。

我连忙使劲摇头。

托他的福，脚没有大碍。

两天后考试结束，原本想在回程的大巴车上谢谢他，但集合时没有看到他的身影。后来去跟带队老师打听，才得知他家在县城有房子，出考场后就被他妈妈开车接走了。

小夕问我是不是找他有什么事。

我说那天借他古诗文背诵的书，他好像忘记还我。

她看了看我，说以后会转告他，并且让他想办法把书还给我。

嘿，xx 同学，我希望你永远都不要还给我。这样的话，我就永远有一本书在你那里了，不是吗？

中考他考得不错，去了县一中，而我发挥失常，报了县重点。

拿到录取通知书那天，想到以后他就是断线的风筝了，我被后悔包围，如果交卷前再仔细检查几分钟，也许结果就会不同。

我妈妈在县城工作，租了一间小屋子，带着我搬了过去。

我每天的生活就是学校和家，规规矩矩地两点一线。

其实我们的学校隔得不远，但彼此的生活不会再有交集。

那时候的中学生只有好好学习天天向上，不像现在能上网联系。偶尔得来一点点和他有关的消息，说他现在长得很高，成绩稳定，在年级里很受欢迎。是真是假，我也无法验证。

我不想知道他最后有没有和小夕在一起，或者有没有跟别的女孩在一起，我只想知道他高中过得怎么样、每天心情好不好，我真的很想知道。

每个周末，我都会端着一只小凳子坐在阳台边上，两只胳膊放在腿上，然后枕着脑袋看着下面过道上的人来人往。我想碰碰运气看能不能看到他。高二开学时我跑了好远好远的路去绿植店，买到一棵最漂亮的仙人球，我想好好养它，等再遇到他时可以送给他。

但直到高三毕业，我都没有见到他。

当然，后来也没再见过。

高考完的那天晚上，我和关系要好的女同学去他们学校的后门坐到半夜，还喝了点酒。视线穿过铁栅栏，看到他们学校很大很大的塑胶操场以及周围的几栋教学楼，我猜想着他曾经在哪栋的哪楼以及哪一间教室待过。

天上有很多星星，我怎么数也数不清，就好像我很想再见他一次，却怎么也见不到他一样。我们明明还在同一个小城，只是想送棵仙人球也好，为什么那么难呢？而往后，我们会去不同的城市念大学，更加没有交集的可能。

我还会记住他很久，而他也许早就忘记我。

嘿，xx 同学，我对你撒过一次谎，其实那个本子是我故意扯坏的，因为我想收藏一点和你有关的东西。本想把那个本子都留下，但没敢，最后只撕掉了本子的外壳，因为那上面有你的名字。至今它仍躺在我带锁的日记本里。

嘿，xx 同学，我爱脑补大戏你不要笑话我，我希望每次看你的时候，你因为紧张才故意不看我，在大巴车上不睡那次也一样。我甚至想，你是不是也是故意带走我那本古诗文书的呢？我希望是这样，又希望不是这样。

嘿，xx 同学，我们从同班开始算起来也有八年了，我绞尽脑汁也只能想到这些和你有关的细枝末节。共同的记忆如此少，在漫长的岁月里被我独自守着、放大。

嘿，xx 同学，我不知道你是否还记得那个厚着脸皮不断问你借笔记本的女孩，也不知道你关于我的那点记忆是好是坏，我只希望如果将来某天我们在人群中相遇了，请你不要直接从我身边走开，哪怕认不出我，只要投给我你觉得似曾相识的一瞥。

只要这一瞥，也足够。

遥　远

我想写一封信给你。

需要的却不只是时间。

1

周三下午的公开课上，三个班的学生挤在阶梯教室里，期末考试确定非专业课为开卷，大家都兴趣缺缺，第一堂课之后就开始聊天的聊天睡觉的睡觉。话筒也出了故障，所以窝在靠窗位置的我怎么也听不清楚秃了顶的讲师在说着什么。

这几天强降温，流行感冒波及很广，坐在我左边的室友叶子一直"扑哧扑哧"地拧着鼻涕，我一边翻看着喜欢的杂志一边听她到处问还有没有卫生纸。明明感冒那么厉害，却穿着单薄的秋衫，看到她鼻头通红的可怜模样，我把围巾给她围上。在我们正讨论晚餐吃什么时，我收到了你的短信。

屏幕上亮起你的名字时，我愣了几秒才打开查看。你说你正在医院，问我有没有一千块。我脑袋里轰然炸开，这么大的事我怎么可能怠慢，于是到处传纸条问同学借钱，好在是月中，我的生活费还剩下五百，叶子给了四百，其他同学借了三百，想着有备无患，我全部带了出来。

我们约好在公车站见面。

下午四点的站台冷冷清清，虽然穿得很厚，还是感到一阵凉意。围巾在叶子那里，冷风吹来时，我忍不住缩紧脖子。过了约定时间半个小时，你没有出现，我已经开始流鼻涕了。我拿出手机给你打电话，这次你接得很快。我问你什么时候过来，你说你才化好妆从你们学校出来，让我直接去医院等你。

途中我一直嫌车速太慢站停太多。

问到你的新号码后，我给你发过几次短信，每次你都回复很迟或者干脆不回复。

要说起来，我们认识的六年里，你每次都是有事才会主动找我。高中毕业后，因为赌气，所以很长时间失去联系，好不容易再相逢，每次交流却被无形的距离阻碍。

收到你的短信时虽然担心，但我也感到欣慰，因为有事时你第一时间还会想到我。

当时我傻乎乎地想了很多，却没有想过一个小时前你在短信里说自己在医院很紧急，后来又说才化好妆从学校出来。如此劣质的谎言，我却没有怀疑。你早已料定了吧，所以才无所顾忌地对我说谎。

三年不见，我还是老样子，而你更漂亮了。

虽然略显疲惫，但精致的妆容让你看起来依旧耀眼。

我在医院门前把钱递给你，没有多问一句，在你说不用我陪同后，我就乖乖坐上了返校的公车。

分开时你说很快会把钱还我，我说没关系，你好好照顾自己。你眼眶红了，笑嘻嘻地上前抱住我，你说只有我对你最好。因为这句话，回去的路上我默默哭了很久。

我们是六年的好朋友，果然不会改变的吧？我一边流泪一边想。

后来才知道你又骗了我。

2

我还记得第一次见到你的情景。

那是高一一个午后的自习课上，老师不在，我抄笔记到一半时瞌睡不停，迷迷糊糊之间听到有人敲窗户的声音，以为被老师抓到的我吓得不轻，挺直了腰慢慢回头，却看到笑得很厉害的你。视线接触那一刻，你合掌到嘴边的位置，收敛了大半笑意做出道歉的手势，俏皮又可爱。

你皮肤很白，鼻子很挺，嘴唇是薄薄的粉橙色，斜刘海吹得蓬蓬松松，给人很柔软的气息。我印象里最深的是你的眼睛，又大又清澈。

我望着你愣愣地出神，你抬起右手又敲了两下窗户我才清醒过来，窗户拉开的瞬间，你身上淡淡的玫瑰味道混合着风涌入我的鼻腔，清新而又醋甜。你递来一封信让我帮你传，上面写着我们班最受欢迎的男生 Q 的名字。

你走以后，跟我关系不错的同桌凑脑袋过来小声说让我以后别理你。我不明白，她看着我想了一会儿，说你们曾经是同一所初中，你名声很不好。最后她说，总之那种人少招惹没错。

但我心里却满是惊艳的感觉。纯纯的、美美的、很有个性，你身上从里到外都是吸引人的气质。这印象太深刻，之后无论别人议论你的人品如何差劲，我都觉得是他们看错了你。

之后你又来过几次，每次都是递信。你脸上总有笑容，有时整个过程我们一句话也不说，习惯性的动作渐渐变成一种默契。但之后在学校里遇见时，你的目光只是从我身上匆匆掠过。原来离开了那扇窗户，我们仍旧是没有任何交集的陌生人。

我竟感到怅然若失。

细想起来，是我一直稀里糊涂地被你吸引。

高中的我成绩普普通通，入学考试以倒数的名次擦边进了重点班，虽然擅长历史，却因为父母的意见选了理科，属于做事一丝不苟脑子却转很慢的类型，虽然上课的笔记总是做得工工整整，班上成绩最好的同学也常常借我的去抄，但我能做好的也只有认真记笔记而已，同类问题我学了很多遍也总出错。

有一次无意中听到老师在走廊上讨论学生，也说到我，用了"是个很认真的学生，可惜资质不高，可能连本科也很难考上"的形容，语气里透露出的遗憾着实伤到了我，虽然不甘心，但他们说的一点没错，那就是我。

而750分的总分情况下，只能考出两百分左右的你，却被归纳进"将来会过得好的聪明学生"的范畴里。

那时候你在年级里很出名。

女生基本都不喜欢你，因为你高傲，因为你成绩差，因为你绯闻多。或者说，因为你高傲却在年级里数一数二的漂亮，因为你成绩差却过了钢琴十级、还会跳很好的舞，因为你绯闻多男生却还排着队给你写情书。不过你总是跟男生一起玩，大概也不知道她们在背后用多难听的话说你。即使如此，你穿过的衣服和鞋子款式，总是过不了多久就在学校里随处可见。你成绩很差，有时甚至比你们班的平均分还低一百多分，可老师对你总是客客气气的。

你一直是很吃得开的人，当然这不只是因为姣好的容颜。

所以能比你多考出几百分的我，那时候却以你为目标。如果可以，我想变成你那样的人，总觉得你过得很轻松。

刚进大学时我曾模仿过你，用积攒的稿费去买了几套如你风格的衣服和化妆品，甚至咬咬牙去很贵的美发店烫了和你一样的发型，也学着你的腔调说话，虽然一度被几个男生告白，但遇到同一个高中的同学时，我总没来由地心虚，即使对方一句无心的"你完全变了个人耶"，我也会脸发烫很久，好像我在学你的秘密他们都已知晓并且在心里嘲笑我的自不量力。

在大一寒假里，高中同学聚会前一天，我终于还是变回了自己原本的样子。

高中时大家曾讪笑着说我是你的狗腿是你的影子，其实我只是憧憬着你。

但你瞧，果然也只是憧憬而已，我连学你都不敢。

大概我一辈子都会这样胆小平庸地度过，我很羡慕你，因为你过着我想过却不敢过的生活，凛冽洒脱，拥有不可否认的勇敢和自信。

3

我和你的熟识纯属意外，但书上说缘分是一种人与人之间无形的连接，是某种必然存在的相遇的机会和可能。缘分有时候也是一种命运。所以我们之间，也是命运的安排吧？

到了高一尾巴上，学校在申请省级重点中学，校风校纪抓得非常严，而领导们一直头疼的是在楼顶抽烟的学生，组成整风小组去抓人也一直扑空，最后只好把通往楼顶的那扇门锁起来，结果第二天早上在锁门的楼梯转口处出现了一堆烟头。

因为我们的教室离楼梯口最近，所以钥匙一直由我们班的班长保管，而我们班的班长就是那个跟我关系还不错的同桌。那天晚自习她忙着整理测验的卷子，让我去帮忙锁门。我"咚咚咚"经过楼梯转角时，闻到了空气里弥漫的烟味，稍微抬头，看到一小簇星火。在明明灭灭的光亮中，我感觉很像你，所以迟疑着走了过去。

我没好意思跟你说话，伸手将门拉过来锁上时，听到你轻微的笑声。你说以为是来抓你的整风小组。其实那时候我真的是整风小组的一员。我对你说最近抓得很严，你最好不要来这里抽烟。你说知道，因为你那帮哥们现在还在校长办公室写检讨。我说那你还……你又笑了，说无聊嘛。

我们就这样开始聊天。你说平时递信麻烦我了。我惊讶原来你记得我，明明之前在学校里遇见都不认识我似的。你说你名声不是很好，只有我才肯帮你递东西，如果我跟你走太近会被其他人讨厌的，你笑盈盈地说了一句不好意思啊。当时我心里全是心酸和感动。

"只有你……"这样的句式，包含着依赖和感激的情绪。而总这样说的你，轻易击中我的软肋，让我有一种不得不保护你的责任和凭空滋生的自我强大感。

你总能一句话就让我感动得稀里哗啦，即使之后明白那是谎话，但我是出了名的不长记性。

后来我们交换了电话号码，因为你说下次学校搞突袭检查时让我发短信提醒你。我傻乎乎地果然每次都按照约定发给你，你从来不回，但也没被抓到过。

春节时，同学之间都习惯性地发了很多俗套的拜年短信。看到你的号码时我犹豫过，但最后还是编写了一段类似于新年快乐、来年也请多多关照之类的话。自然也不期望能收到你的回复，事实上人越是不抱希望，现实反而变得乐观。当天晚上，屏幕上亮起了你的名字。

那个寒假我过得并不好，期末考试成绩依旧不见起色，一大家子团年时被亲戚们各种安慰鼓励，而我几个表哥表姐表弟表妹就是当时网络里流行的"别人家的孩子"，在那种环境里，所有的鼓励都让我如芒在背，卑微到尘埃里。

亲戚们口中的"只要你努力就一定可以"让我想哭。他们不知道我每晚学习到一点才睡觉，而早上五点多就起床背单词，假期也用功地看书，买一堆习题集回来做，我没什么朋友，也不敢看很多电视，怕被责骂，但依旧在上课提问时不敢和老师的视线接触，依旧在每次拿到卷子以后折到最小一块塞进抽屉的某个角落里，最后又放到桌面一层一层铺展开……他们什么都不知道，以为我的不优秀是因为努力不够。也幸好他们什么都不知道，以为我的不优秀只是因为努力不够。

就是那样在煎熬中的我，看到你回复里的祝福"希望来年的你越来越勇敢"时，顿时红了眼眶。

你约我出去玩，发给我你家的地址，我急急忙忙换好衣服出门，从三号线换乘一号线去接你。你带我去和你的朋友们汇合，当然都是男生，其中只有 Q 是同班，我第一次和那么多男生在一起玩，但让我紧张得手心冒汗的原因是那里面有七班的 L——我初中时的暗恋对象，他并不认识我。你觉察到我的紧张，所以一路拉着我的手。你的手很温暖，而你笑着说我的手很柔软。

那天晚上我们一起去爬天梯，在山脚下打赌谁最先爬上去。宅女身体里的运动细胞都死了，我气喘吁吁地被甩在最后，而你在途中等我。等到我们爬到山顶时，有男生抱怨浪费时间，被你重重地踢了一脚屁股。大家哈哈大笑起来。我的视线划过 L，他也看到我了，对我笑了笑。

放孔明灯时我识趣地闪身让你和 Q 一起玩，你走过去对 L 说了几句话，然后 L 就过来跟我聊天了。我头晕眼花，心跳加速，脸烧得很厉害，连声音都发抖了吧。回去的路上你问我有没有变开心，我点点头。你说这次人太多，下次我们人少点单独出去玩，也会叫上 L。我目瞪口呆地看着你，你知道我隐藏了两年的秘密，你竟然一下子就知道！

那一瞬间，我想，我们之间果然是命运注定的。

开学后我忍不住跟同桌说了我们一起玩的事，她说："你傻了吧，你真以为是为了开导你才约你的吗？人家是因为晚上家里不让出门和男生玩，所以利用你去做挡箭牌而已。"然后她说 L 一直在追你。我跟她说你其实人很好。她却说，其实我之前透露检查风声给你的事她是知道的，让我不要和你走太近，免得被你利用。

然后她平时也开始经常说你过去的事给我听：半夜翻墙和男生去放火烧山、跟老师撒娇让他给你打高分、借别人钱不还、谎话连篇之类的，总之全是坏话，劝我远离你。我不想听这些，觉得背地里说别人坏话不好。而她那么讨厌你的真实原因是在此之前 Q 正和她暧昧，一个团支书一个班长，本是近水楼台郎才女貌，作为其他班的你却横插一脚，硬是将两个人拆散了。

有一次她实在说得过火，我忍不住辩解说 Q 跟你是自然而然在一起的，她愣了一下说："你觉得我是嫉恨她才跟你胡编了这些吗？"后来我跟同桌的关系自然变淡，高二重新排座位时，我们相隔教室南北，我在这个班上唯一相熟的朋友，彼此渐渐成为陌路。

我知道我的话伤害到她的自尊了，但当时并未觉得愧疚，的确是她说你坏话不对。

4

那次出去玩过以后，我们成了朋友。得知我和同桌的事以后，你抱住我说："谢谢鱼，只有你会为我说话。"你总能自然而然地做出亲昵甚至煽情的举动，并且不会让人感到丝毫的不自然。我渐渐明白了老师们口中说你是"将来会过得好的聪明学生"的含义。

你名字很好听，少见的姓，加上文雅而特别的名——季之遥，和你的人一样美。而我的名字很俗气，因为和某位末代皇帝音相同总被同学捉弄，你从来不叫我李玉，通讯簿上也不写这个名字，你叫我"鱼"，说这样可爱，还问我喜不喜欢。

你和 Q 在一起不到两个月就分了手，追你的人依旧很多，高二下学期甚至有两个男生因为争风吃醋打架到住院，你被叫去教导处好几次。

关于你的风言风语把学校的每一个角落都塞得满满的，大家说你，脚踏两只船，跟男生在一起只想让对方给你买东西，没钱的你理都不会理。

外面的世界被台风席卷，但我们却在安宁平和的台风眼里。你从办公室出来时从来不会沮丧，听到别人说你坏话也不会躲避，而是笑着走过去说："不如也说给我听听看"，他们说你不要脸。我想安慰你却苦于找不到合适的句子，你说："没关系啊，你别看她们团结起来同仇敌忾的，只要我愿意，她们每个人都想围着我转，她们恨的不是我，而是我有办法让男生喜欢我。"

我感叹你心理素质的强大，同时也有很怪异的感觉。

我们开始常常一起玩，你总有办法让我变得开心。

整个高二上半学期我都跟你混在一起，成绩的事我已经累了倦了不想再管了。

那是我们最要好的时期，虽然不在一个班，却在下课后相约去厕所，中午和下午一起去食堂吃饭，每次你去打菜，那位肥头大耳的厨师总会多给我们一勺肉，并且示意我们不要表现出来，你冲他眨眨眼，他的脸比我们碗里的番茄还红，转过身去我们笑到肚子疼。假期会相约出去吃饭或者看电影，家里给我买学习资料的钱也全部花光了。

那时候你终于跟 L 在一起了。其实在那之前，一起玩过几次后，我跟 L 熟络到常常发短信聊天，他说我其实没有看起来那么闷，我试探着问你 L 有没有女朋友，你说没有。但几天以后你们手牵手来上学，你说 L 喜欢了你几年，一直给你写信，前几天喝醉了打电话给你哭着说喜欢你，你就心软了……你小心翼翼地不敢看我，一直说对不起，我笑着说："没关系，我喜欢他是初中的事了，现在已经是哥们啦。"

你好像有些喜欢 L，所以也不常跟别的男生一起玩了。我们三个一起去吃饭，我看到他低垂着眉眼为你剥虾，你撑着脑袋看他，眼睛里全是柔情。筷子落到地上，我弯腰去捡，看到坐在对面的你们在桌下牵着手。那一瞬间我眼睛很酸，却也感到释然。

我以为你们真心喜欢对方，可是一个月不到，你就甩了 L，和一个长得很帅的大学生在一起了。L 明显憔悴下来，我忍不住问你分手的缘由，你说 L 太喜欢你了，而且 L 做朋友还好，做男朋友却让你受不了。

如果不是很久以后，我亲耳听见你笑着对别人说出"我就是想让李玉明白她喜欢的人很没劲儿"这样的话，大概我还会一直相信你。

那已经是毕业最后聚会的事了，包房里人太多，我出去找你，无意中听到你和另一个女生的对话。你们说了很多，中间不时响起你悦耳的笑声。我站在屏风后面，手脚失去力气，全身上下涌出入骨的凉意。

我曾选择不相信全世界的其他人，只相信你。

我曾以为，是她们看错了你，嫉妒你，故意中伤你。

我曾深信不疑。

因为我喜欢你。

可是。

原来你真的把我当成随叫随到、不用费脑子就能骗到的笨蛋。

5

我至今庆幸高三下半学期被家里管得很严，所以升学考试勉强上了本科学校，虽然远不如"别人家的孩子"，但总算看得过去。

而你去了航空学院，毕业以后做空姐，大家说也许将来你会在头等舱钓到金龟婿，不！你一定能，因为你有吸引人的魔力，然后让那些拼命到谢顶并且鄙夷过你的优等生们无言以对，因为季之遥直接作为他们的老板娘出现了。

只是略带戏谑的谈笑话，我却感到苦涩。

听到你的那些话后，我赌气不再联系你，当然你也没有再找过我，大概是因为有了新的女生朋友吧，但听到他们说你时，还是忍不住想起你的好，毕竟，你曾真诚地待我好过，那些过往，都不是虚假。

看清你所有的虚伪和缺点，依旧有一块柔软的地方松落下来，想起你的好，忍不住想要去袒护。

——这大概就是你吸引人的魔力。

6

上次在医院见面以后，我们没有再联系过。嗯……其实我给你发过几次短信，问你身体怎么样了，你没有回复。

后来叶子托同学打听，你们寝室的女生回答说你一周以前北上去参加某个选秀比赛了，因为花费很大，家里也不支持你走演艺偶像的道路，所以你私下想方设法筹了很多钱……回来后叶子说你这个朋友还真是极品啊，我已经不想跟她争辩了。

但我不后悔借钱给你。

因为我把你当作朋友。

至少我们曾经是朋友。

只是下次同学聚会时，关于你的传说大概又会更改为"说不定某天会在娱乐八卦杂志上看到她和某某大牌明星偷偷约会的爆料啊哈哈哈"。

你看，即使是那些讨厌你的人，也一直在说你，一直在围着你转。

说来可笑，至今我仍搞不清楚你的为人，果然是我太笨了吧？别人口中的你全是坏的，但亲身接触你时又好像全部可以理解和容忍。

你是让人捉摸不透的人，永远活在自我的世界里，并且有办法让人喜欢你、以你为中心围着你转。你就是这样的人。

大学我们虽相隔不远，但我已明白，无论我再喜欢你、憧憬你，都不可能真的靠近你。我们的生活会越来越不同，人生的轨迹也会越来越遥远。

无论如何，我会记得你叩响窗户对我合掌微笑的样子，我会记得我们站在声控灯熄灭的楼台边聊天时你指间若隐若现的那缕烟，我会记得我们在新年来临的晚上搀扶着爬到山顶，我也会记得你温暖的手心和我浸着汗的手心牢牢握在一起……

我曾那么喜欢你。

你有你的生活方式，我也从未觉得不公，只是觉得泄气。

是的，泄气。

7

——我们是朋友吗？

在又一次和你失去联系很久以后，我曾在对话框里打出这一行字，却迟迟点不了发送键。

看到之后的你是笑嘻嘻地说句"是呀"，还是和往常一样很晚才回复或者忙到最后忘记回复。

无能为力。

确不确认都伤人。

即使我那样喜欢你、想要靠近你，我们之间却始终隔着如此遥远的距离。

所以，算了吧。

你看到的我是蓝色的

　　穿着湖蓝色长裙的她安静地坐了下来,在我的旁边。在我还没有反应过来时回过头来对我微笑。她说:"你好。"声音很美,却极轻,好像光着头在雨天里漫步,细细的雨点温柔地洒在我的睫毛和皮肤上,心脏不由自主地就柔软下来。我就这样望着她在光线里发出浅蓝色泽的长发,失了神,反应过来时却下意识别开了脸。

　　为着自己当时差劲的表现,我后来悔恨了好长些日子。

　　那天是我有史以来上得最为粗心的一堂课,最喜爱的那位头发花白的老教授在上面讲了什么我一个字也没有听清,笔记本直到下课仍旧白茫茫的一片。我的眼里只剩下她那湖蓝色的长裙,以及对我说"你好"时发出的那个极浅的笑。事实上她只是嘴角稍微扬起一个弧度,淡淡的,而且消失得也极快，却很容易让人在那个短暂的瞬间错愕，回过神来时又为捕捉不到那抹浅笑而懊恼。

那本不是我的专业课，去听全是因为授课的教授声名远播，很多其他专业的学生也同我一样慕名而来，教室里人满为患，时间久了之后大家像一个班的同学一样嘻嘻哈哈。只有我，总有种寄人篱下般的尴尬和底气不足。我是这样一个内心时刻惶恐不安的人，一直都是。

直到遇到她，再去上课时才总算多了一丝亲切。尽管她对此完全不知情。那是她的专业课程，却也少见她来。后来她告诉我，那是因为她不喜欢人多，尽管她也极喜欢上课的教授。我早应想到这一点啊。她是这样一个特别的女孩。

期间我拿出藏在抽屉里的零食，小心翼翼地问她要不要吃，以为她会拒绝，没想到她却从里面挑了一颗蓝色的什锦糖，细心看了一会儿，然后轻轻地放进了嘴里。她对我说谢谢，然后告诉我，她很喜欢蓝色。我木讷地回答："哦。"却没有告诉她，我是知道的。

是的。她不知道，这并不是我和她的初次见面。

我知道她，从很久以前开始。

我想，无论过去多久，我都会记得第一次遇见她时的样子。就好像，我左脸上那块青黑色的胎记会永远跟着我一样深刻。

第一次遇见她是在条蓝路尽头的音像店里。

那天她也穿着一袭湖蓝色的长裙，边角有好看的褶皱。她的侧面消瘦，鼻尖倔强地上挺，黑色浓密的长发在蓝色的长裙上肆意地流泻。她的目光正停在一张 CD 封面上，有些距离，我看不清楚她的目光究竟是深邃还是漂浮，却很确定，那里面带着一抹幽蓝。

她就那样安静地站在那里，什么也不做，却将周围的喧嚣都冷冷地隔绝。

我们之间隔着那片大大的落地玻璃窗，白花花的阳光在它身上跑来跑去，那是太阳的影子，它们刺痛了我的双眼，那一刻我很想知道，它们有没有跑进她的眸子里，有没有悄悄地藏在那汪清澈的蓝色泉水下。

隔着夏日午后灼眼的阳光，隔着落地的玻璃窗，隔着陈旧厚重的音像架，隔着来往喧嚣的人群，我第一次看到她，那个生命显示出深蓝色的女孩。

我多想走过去啊，去接近那抹蓝色。可是却始终迈不开脚步，我的心里有个小小的声音叫嚣着"不要过去，不要过去"。我的头有些眩晕，世界仿佛被蓝色包围。在这蓝色里，世界变得无限透明。

片刻之后我转身离去。

是的，我怕，我怕我的鲁莽，会将那抹蓝色惊扰，然后发现这不过是我幻想出现的场景。

我从来没有想过，真的会再遇见她，并且是以这样亲近的方式。我的惊愕，我的诧异，很快都被涌来的庞大惊喜所覆盖。

坐在她的旁边，我常常会没来由地紧张。那天她认真地做着笔记，像个从不缺课的好学生。我忍不住偷偷地去观察她，在她抬起头时，又慌忙低下头去。我的手不安地放在我的大腿上，我看着自己右手臂上有很多长长的疤痕，像是被刀子划出来的疤痕，它们那样丑陋地排列在我的手臂上。我回忆着它们的出处，却一点也想不起来。疤痕下面是青色的脉络，像是一条青色的小河，红色的血液正从里面流淌。

后来她常常来上课。靠窗的位置，每次都和我坐在一起。

她做笔记非常认真，白皙的手指握住蓝色水笔，专注地在笔记本上一笔一画地写字。但大多时候她是在睡觉的，两只手枕在桌子上，把头埋进去，一睡就是一节课。放学的时候，我拍拍她的肩膀，轻轻地叫她的名字，她才揉揉惺忪的眼睛，整理课本和我一起走出去。她跟我讲过，她常常在外面做兼职到很晚。

有一次她来的时候格外疲惫，连话都没说几句就直接埋头睡了过去。放学后我不忍心吵醒她，就这样傻呆呆地坐在她旁边，教室里的人已经走光，时间一点一点过去，走廊上的声控灯明明灭灭，窗台上的阳光也变了好几种颜色。

我拿过书和本子帮她抄好漏掉的笔记，书的第一页端正地写着她的名字：苏蓝。

这两个字写得格外好看。

她醒过来时太阳几近落山，我呆呆地坐在那里。

她揉揉眼睛，起身抚平裙子上的褶皱，笑着对我说晚上请我吃大餐。

从那以后，我们的关系明显亲密起来，几乎形影不离。

这样以后我对她的了解愈发多了起来。她是那样喜欢蓝色。水笔、木子、书包、衣服、鞋、袜子、手链，除了白皙的皮肤，几乎都是蓝色。有一次我去她的寝室，映入眼帘的是蓝色的罩子和蓝色的床单等一系列的蓝色。

她坐在蓝色的床单上，恍惚中我觉得她似乎变成了那些图案中的一条美人鱼。有着美丽的面容，藏在最深的海里，摇曳着长长的鱼尾，每一个夜晚和清晨，在离太阳很近的地方，孤独地吐着一串串泡泡。

她在学校里不参加任何活动，连助学金也不申请，但会去外面做各种兼职。她独来独往，不在意别人的目光。我想这和她的幼年成长有关，她父母离异很早，是姥姥拉扯她长大。有时心情好，她会跟我讲一些关于她姥姥的趣事，这时候她身上的深蓝色会淡去很多，眉眼里的笑容是真切的快乐。

我也会跟她讲一些小秘密，比如我从小就不好看，人缘也很差，寝室里的几个女生会在叫我去买饭时悄悄议论我的胎记很吓人，面对她们时我总是很局促；比如我爱妄想，家附近有少年弹吉他唱歌，声音很干净，我连对方的脸都没看清却幻想过他；又比如我的记忆力也不好，放在抽屉里的那些彩色药丸，我总是忘记吃。她看着我说不怕，你有我这个好朋友了。

她做笔记时头发偶尔会垂到额前来，她就用笔盖充当夹子，把前面的头发夹了起来。明明应该是好笑的动作，到了她身上却莫名其妙地让我感到亲切安心。她的课本里有时候会被放入一些纸条，有好的，也有不好的。但她不在乎。有一次她告诉我，这个世上她只在乎两个人，一个是把她养大的姥姥，还有一个，是我。她倔强的表情满是认真。

我喜欢的女孩对我说她很在乎我。

我受宠若惊，望着她美丽的侧面，眼眶灼热，快要掉下泪来。她竟快乐地笑了起来，然后收拾好东西匆匆赶去兼职。

细想起来，在我和她在一起的那些年月里，几乎从来没有见过她落泪。她是那样得勇敢，面对任何灾难都只倔强地吸吸鼻子。她笑的次数不多，但暴怒、慌张、无措的表情更是鲜有。她总是那样冷冰冰地在这个浮躁的世界中抽离，是一株静静的蓝色玫瑰。

有一次她生日，下了晚课后我带着礼物去她打工的店里等她。那是我第一次看到她工作的样子。头发被高高地挽起，黑色的马甲着白色的衬衣，领口很正式地打着蝴蝶结，紧身的黑色长裤，脸上化着淡妆。我看到她的时候，她正托着重重的托盘为客人送餐，表情淡淡的，和平常一样。

我乖乖地坐在角落里等她下班，不知不觉就睡了过去。醒来时店里的客人少了一些，舞台上也换成了一个抱着吉他唱歌的男孩。我无事可做，于是有了机会去细细地看他。他穿着灰色的格子衬衣，安静地抱着一把红棉的木吉他坐在舞台中央，有一束光打在他的身上，我看清楚了他的脸。

他唱："我梦到那个孩子，在路边的花园哭泣，昨天飞走了心爱的气球，你可曾找到请告诉我……"

他的声音伴随着音符，像一条缓缓流淌的河流。而且，同我常常听到的那个声音太像太像。接下来的时间我再也没有犯过困意，我坐在黑暗的角落里安静看他，听他唱一首又一首歌。

临近打烊时，她换了衣服从后面出来，那个男孩走到她的面前，说生日快乐。她说谢谢，脸上却分明有了笑意，目光里没有蓝色，我知道她此刻是快乐的。

我和她走在夜晚的马路上。一些车辆还在疲惫地来来回回。城市夜晚的灯光依旧很亮，我抬起头，一颗星也没看到。后来忍不住问她，那个男孩是她的好朋友吗？她只说他叫乔眠，是店主的亲戚，因为他的缘故，她才能在那里安稳地打工到现在。

我这才明白，我的深蓝色女孩，也有属于她的小世界。那一刻，我又想起那个男孩走到她面前对她说生日快乐时她的脸，心里的阴霾就这样不见了。我多么希望，可以天天见到她当时快乐的模样。

是的，在那段时日里，她已然成为我的所有希望。我缺乏的一切，她都有。她是我的深蓝色女孩儿，从我们相遇那天起，我的世界就开始围着她运转，她让我忘记了手腕上那些丑陋的伤疤，忘记了孤独，忘记了怯懦，忘记了不美好的一切，我被蓝色的世界围绕，这让我感到快乐。

很久以后看到书上写的一句话："美，缘于破碎。"所以我是这样喜欢她这个好朋友，却注定留不住她。

接下来不久是暑假。从寝室收拾东西出来，我在走廊里看到她。她靠在白色的墙壁上，周围有很多同学来来去去，却没有一个人跟她打招呼。她的头发又长了一些，脸也更加消瘦。那段时间，听说她姥姥的身体很不好，她操碎了心。而我也生病了，所以好几天没有见过她。她问我要回去了吗，我点点头。她说你要快点好起来呀。那天她的目光很深邃，我有些茫然不解。

暑假里我每天都睡得很晚，一直没有说，其实我也和她一样，是跟着姥姥长大的。姥姥八十三岁了，大病小病都找上她。有时候跟她说话需要很大声地说好几遍。她的皮肤已经干枯，步子颤颤巍巍。我妈改嫁了一个经济条件还不错的人，几乎和我们没联系，不过出钱请了一个阿姨照料姥姥。其实，有时候我不忍看到姥姥，不想看到她愈发衰老的容颜。我记忆深处的她是那样一个雷厉风行的女人，我从未想过有一天她会这样老去。

有时候阳光好，姥姥会叫我推她到院子里晒太阳。我衣服坏了，她还会逞强地拿出针线替我缝补。看到她戴着老花镜对着针眼半天穿不过的时候，我会忍不住笑起来，鼻子却很酸，想要落泪。

这样的假期里，我也时常想起她。每天晚上我都习惯性地失眠，翻出那个大大的旧箱子，一个人趴在床上听 Lene Marlin 的声音。那个同样带着蓝色的歌手，让我深深地迷恋。

我的床单也是蓝色，枕头也是蓝色，这个屋子里所有的一切都是蓝色。可是我从来没有对她讲过我也喜欢蓝色，或许，正是因为蓝色，我才会那样喜欢她。以后有机会，真想带她来看看这里。我这样想着，然后迷迷糊糊地睡了过去。睡梦里似乎又听到那个熟悉的唱歌的声音，在我的窗子下面，他低着头，我很努力却依旧看不清他的脸。

暑假快结束的时候，家里发生了一件大事。

那天早晨起床，我同往常一样做好早饭去叫姥姥起床。可是她躺在那里，再也没有起来。我想，她终于还是离我而去了。

之后不久举行了简单的葬礼，几乎已经在我生命里快要消失的妈妈终于回来了一次。我发现我的记忆力真的好差，因为我妈完全不是我记忆里的样子，她跪在那里流泪，神情里却带着一种解脱。姥姥安详地躺在玻璃棺里，我走过去看着她彻底枯萎的身躯，想哭，却无论如何也哭不出来。我这才发现，我已经记不得上一次哭是什么时候了。我觉得头很疼，身体很累很累，只想睡去。

姥姥出殡以后，我妈也走了。临走时她说以后的生活费会如期打到我的卡上，如果我不需要可以告诉她。她还建议我以后工作赚钱了可以试试去掉胎记，不然会影响交友的。我没说话，看她踩着高跟鞋一步步从这个家里走出去。一如很多年前决绝地离开我们时的样子。我对她没什么特别的感情，她对我也是。她说看到我时就会想起那个让她前半生充满失败的男人，如果没有我，她也许能嫁得更好。好在我们除了血脉，其他方面并不算熟。

房间里只剩下我一个人，我傻乎乎地坐在沙发上，直到窗外的太阳沉下去，月亮爬上来。望着空空的房间，我头疼得要命，心里莫名其妙地感到焦躁，迫切地想要找点什么事来做。我赤着脚焦急地在屋子里转来转去，地板升腾起一股寒意，可是我心里好像有一只咆哮的狮子，挣扎着想要跑出来。我对这个世界没有任何眷恋。我得不到出路，我快要疯了。全身的血液好像都在倒流，奔腾着，灼烧着我的皮肤，我恨不得拨开这层束缚，让它们肆意地奔流出来。

我的意识模糊起来，眼皮很重，我想这样睡去。可是却听到一个人在我耳边大声地呼唤着，他的声音是那样熟悉，像极了那个唱歌的少年。意识在这一刻清醒过来，我突然很想看清他，于是努力睁开眼睛。视线里出现了少年的脸，因为太过焦急而变得扭曲。我想我应该记得他，他是乔眠。

乔眠看到我睁开眼睛时已经吓得不行，他说："苏蓝、苏蓝，你终于醒过来了。"我莫名其妙地看看周围，却明明没有看到她啊。我说你在叫她吗？他说她是谁。我说苏蓝啊。他探探我额头的温度，说你就是苏蓝啊，你睡过去太久了，好不容易才醒来，不要吓我。

我看到眼泪从他眼里流出，这时候我才发现他的左脸上竟有颗深色的泪痣，他的眼泪从上面缓缓流过，很快将那颗泪痣淹没了。看到他这个样子，我心里充满歉意。

有些无措地移开视线，看到床对面的镜子时，我的心跳立马加快了速度。

镜子里的我，除了那块胎记，竟和她有着一样的脸。

原来和春天一样美好

Part 3

彩

　　我们每天和不同的人相遇，有些遇见让你眼前一亮，误以为他是你的男主角，结果只是路人甲乙丙丁，落幕后未留下参演姓名。

如痕迹消失于海岸

1

事情发生得猝不及防。

L 大为期一周的会议顺利到达尾声，小组成员们放松下来，晚上聚在一家烤肉店里喝酒。有女生拍了合照发到主页，不大一会儿尖叫："Z 前辈给我点赞了！"大家这才想起这是 Z 的地盘，场面顿时热闹起来，嚷着让女生打电话把他叫出来。

"被拒绝了。他说今晚不在 S 市。"女生捂住话筒颇为失望，随即眼睛又亮起来，"Yui 和 Z 前辈不是很熟吗？你叫他，他一定会来！"

下一秒，被拨通的手机已经塞到我手里。

我正要推辞，听筒里传来他的声音。

"我看到你在照片里。但我今晚真的回光州老家了。"

"嗯，那就没办法了。"这句话是对此刻满怀期待望着我的大家的交代。

我松了口气，正准备把"烫手的山芋"还回女生手里，听到他用平常的语调继续说："我明早回 S 市。如果你明天下午有时间，一起吃饭吧？"

"嗯？"我一时不知怎么理解这句话的含义。

"不用问其他人。"他顿了顿，"我是说，我只想见你。"

2

我们第一次见面是两年前的夏天。

研究科的前辈 M 为了中期发表忙得焦头烂额时把我抓去帮忙做数据分析，而他和 M 是朋友，当天也被拽来。三个人从中午忙到晚上，M 拷贝完文件后赶去资料室印刷，抛下一句"小 Z 写歌词，Yui 写小说，你们俩肯定有很多共同话题可以聊，回头请你们俩吃饭啊"，便匆匆离开。

"任务算是完成了，接下来你有别的事吗？"

"嗯，有安排。"他看了看表，但很快似乎察觉回答得过于干脆，便客套地补充，"这么晚了，应该请你吃晚饭的。"

"不用不用……"我识趣地连连摆手。

"今天认识你很高兴，那再联系。"

"我也是……"

我的话还没说完整，他已经利落地转身告辞了。

望着他急匆匆逃走的背影，我一时没反应过来。不过我的确不算吸引异性的类型，也谈不上什么打击，转头就忘了。

之后不久的学园祭上，忙了一整天的我跑去自动贩卖机买水，途中被人叫住。

"是你啊。"

我疑惑地望过去，看见一个男生。大概是刚参加过演出的缘故，他穿一身黑色，背着一把吉他，喷过发胶的头发抓得很精神，脸上的表情清淡，还算温和。

我脑子飞速转动想什么时候和这种人有过交集。

"上次一起帮 M 整理中期发表的数据。"

"哦……Z 前辈？你好。"

"你要回去了吗？"

"嗯，买瓶水就走，口渴死了。"

"那天临时收到通知要赶去打工救场，不好意思啊。我请你喝饮料吧。"

他解释着，我们两人很自然地一起往前走。

"你是艺术系的吗？上次 M 说你写歌词。"

"不是，我主修计算机和英语。音乐是爱好。你呢？平时写什么？"

"有时给杂志写专栏，最想写长篇，在构造的新世界里生活着形形色色的人，很有趣。"

"听起来很有意思。以后要当作家吗？"

"想。不过应该会先找一份稳定的工作，解决了生活问题才能保护好梦想。我家也顾不了我，走一步看一步吧，越来越好就行。"

"羡慕你这么坚定自由。"他一边说着一边往机器里投硬币，弓身去取咖啡时声调随之小小起伏，"我想做歌手或者音乐制作人，但这个行业需要天赋和机遇才能出头。听你说谋生是为了保护梦想，有点被触动到，想要继续加油看看。"

"是吗？"

"嗯。和你聊天很开心。"他这样说着，把一罐咖啡递到我手里。

自动贩卖机的莹白色光线打在他的脸上，我能清晰地看到他腼腆的、非常少年气的表情。远处马路上过往车辆的引擎声和校园内传来的嬉笑声混合成的背景音渐渐远去，我看着他微笑的眼睛，像倾泻而下的银河。

"我也是。"我把视线从他的脸上移到鞋尖上，说，"抱歉啊，那天误以为你性格不好。"

3

中学时代我不爱学习，逃课出去晃荡到放学时间就回家。不务正业的父亲一年难得回来一次，生活全靠在超市打工的母亲维持。她每天忙得团团转，工资只够勉强糊口。她从不强制我去学校，只说："既然你不爱学习，将来就留在这里打工吧，像我这样。"

高三我发奋学习，去了省城念大学，之后申请到东京读研究生。就这样稀里糊涂从真学渣变成伪学霸。

那时候我刚进入文学研究科读硕士课程，勉强凑足入学金，在七月发放奖学金之前的两三个月需要精打细算每一笔支出。不久后我找到一份免税店的兼职，时薪是一千二百日元，地点在秋叶原，因为和同学同路，每次能多赚到一笔交通费。

因为忙碌和拮据，我常常缺席研究科的聚会，渐渐被排挤在外。安排研讨会的顺序时没人问我，小组作业被踢皮球，旅行归来的同学带的伴手礼也常没有我的份。虽然窘迫，但至少把去小超市打工这个最差选项从人生里永远剔除，达到了我接纳人生的最低限度，别的权当锦上添花。

他跟我不一样。爸爸是当地非常有名的脑科教授，妈妈是富家小姐，还有一个大他三岁的姐姐和父母住在一起。含着金汤匙出生的他从小到大都是优等生，温和谦逊，擅长音乐和英语，既会创作又会编程，自然受欢迎。

我们在学校里碰到时会聊创作话题和生活琐事，渐渐熟悉。

秋季开学后他搬进另一栋外国人宿舍。我带他去区役所办理迁入手续，作为报答，他请我吃烤肉。他慢条斯理地按比例为我调酱汁。我没吃过多少好东西，味觉粗糙，没能吃出个中差距，只知道他当时仔细认真的表情很好。

"后来 M 请你吃晚饭了吗？"他问。

"被前辈吩咐做事是理所应当的啦。"

或许是听说过我的处境，他沉默片刻，说："做人太好也不行哦，总是忍耐的话，孤独感像病菌在心里扩散，渐渐什么也说不出口了。"

"不是什么都能说，说了也不是都有用呀。一个人待着事少省心，如果可以选择，我宁愿待在房间里写东西。"我戳戳碗里被他烤好的肉片，笑起来，"你别看我这样，在网上我可是被称为治愈系作者。"

"是挺治愈的。"他看着我，笑，"平时在家做饭吗？川菜？"

"四川人做的菜都叫川菜？我就是把各种菜切好放锅里炒熟的水平。反正吃什么都很好吃。我妈说就算我在沙漠里迷路，也能靠吃沙子活着回来。你会做饭吗？"

"会。从高中到现在，我独自生活快十年了。"

"没和家人一起吗？"

"不喜欢家里的氛围。我爸在外叱咤风云惯了，回家也是高姿态，我妈是凡事都往下咽的性格，我姐又总遇到渣男，表面看起来和和睦睦，其实鸡飞狗跳。每次回家就像有东西压着嗓子，咽不下去也喊不出来。我想自己住，也想快点有自己的家庭……你脸上沾到酱汁了。"

我没想到他会说这些，木讷地接过他递来的纸巾往脸上抹。看不下去我不着边际的动作，他探身直接用手帮我擦干净了。弹吉他的指尖触在脸上的感觉后劲很足地持续弥散，回去的路上我一直晕晕沉沉。

"明明没有喝酒，怎么像喝醉似的。"

"像喝醉了吗？"我瞪他。

"嗯。"他依旧笑着，"为了安全起见……"

下一秒，他的左手握住了我的右手。

4

那年秋天我们过得非常快乐。

因为住得近，他在电话里教我做猪肉泡菜炒饭时，为香油和橄榄油在热锅里太久不健康的问题讲了一会儿后说"别动，我过来给你做"，就能很快过来找我。

他忙着写毕业论文那段时间，我为了下学期能继续拿奖学金专心写每一次报告，常常一起熬夜到清晨，他去便利店买早餐过来，我们坐在公共厨房的大厅里一起吃，再晕头晕脑回去补觉。

论文初稿提交后，他和三个朋友组了新的乐队，有时去酒吧驻唱，有时拖着箱子去街边唱。空闲时我总是坐在旁边假装热心观众，卖力地鼓掌。在街边唱到最后，琴盒里总会留下一些硬币。等到人潮散去，我跑过去蹲地上一个一个地数，然后拿出计算器算能去超市买几罐啤酒。

有天傍晚，我照例蹲在地上数硬币时，有个穿西装的大叔走到他面前，递上从黑色皮包里拿出的名片。我侧头望过去，看到他整个人在那瞬间亮起来。

"我们马上就要红了！"料理店里，酒量差的鼓手两杯酒下肚，兴奋地提高音量。

"做什么梦呢！人家只是让发试样唱片过去看看，才哪跟哪的事。"贝斯拍了下鼓手的脑袋，转头看着他，"我们要不要去开个新户头方便红了以后收钱？"

"我要做经纪人，反正现在也是我在替你们数钱。"

"好。Yui 做经纪人。"

大家笑起来。

杯子碰在一起，都是充满年轻心跳的声音。

那年初雪下得早，进门之前先抖落身上的雪花，抖不掉的就伸手为对方拍一拍。他个子高，我需要踮起脚，挂在臂弯里的塑料袋被拉扯出哗啦啦的声音。手已经抬起来，就趁机拥抱一会儿。进门后先开空调，把啤酒放到盛好水的炉子里煮热，坐在暖桌里碰一碰杯，呼噜噜喝下一大口后身体才慢慢回暖。

大多时候，我看书时他在一旁给吉他调音，我在电脑上啪啪打字时他用纸笔写英文歌词。有一首歌翻译过来叫《人类的贪婪永无止境》，讲一个被关在笼子里的魔法师的故事。

"hey，生活在鼎盛时代的朋友，既然你走了，很多事就结束了……这里的生活还在继续，日复一日抛来子弹和炸弹……我独自坐在这里一整天，看桥下流水一去不返。"

具体内容记不清了，只知道英语念起来很顺。

那时候的我们，有时在地上，有时在悬崖上，或者手拉手踩在钢索上。总觉得自己年轻，日子还长，一切会变得很好。只要心没有落地，就对危险和差异视而不见，当时快乐，便不深究未来，只凭着骄傲就攒够力气往前跑，以为能跑到更远的地方，以为能跑去天上。

我们之间轻轻浅浅，赤子心跳。

都是细节，都是小事，都有温度，都在发光。

都已过去。

5

时隔两年后的此刻，我们再次面对面坐在烤肉桌前。

他用我听不懂的话跟服务员点完餐，和之前一样仔细认真地为我调酱汁。

我们的视线猝不及防交汇，他用眼神示意"怎么了"，我用眼神回"没"，然后各自低头，端起桌上的杯子灌下一大口冰水。

千言万语却相顾无言。我们小心翼翼地避免所有可能出现的违和与突兀，假装平和。是这样别扭的，面对面也相隔千山万水的，我们的现在。

他从今年春天开始在 L 大附属高中教英语，吃完饭后他问我要不要去学校里散步。

在这里待了一周还没仔细看过，L 大附中门口有一整面墙的银色梨花图案。

"不知道为什么游客很爱去那里拍照，你拍过了吗？我帮你拍。"

"拍墙留念就好。"我把手机放回口袋，"在这里工作

怎么样？"

"拿十六七岁的高中少女没辙。想跟她们好好交流，不是掉眼泪就是撒娇，凶也不是，不凶也不是。但多少有些经验，还算能应付。"

"嗯？"

"和你在一起的时候积攒的经验。"

"你又笑我。"我问他，"最近还玩乐队吗？"

"很少，太忙了。毕竟和以前不一样。"

"那家里还好吗？"

"还是那样。"他顿了顿，"就那样吧。"

6

被家庭放逐和被家庭束缚，究竟哪种更无奈？

从未拥有和拥有过又失去，究竟哪种更心痛？

事到如今我也回答不上来。

两年前的冬天，制作好的新试样唱片收到几家唱片公司的答复，有的言简意赅地拒绝，有的天花乱坠地夸一通，末尾说"但鄙公司财力有限，为了分担风险可采取合作完成的方式进行制作……"，随后附加一串数字，一开始我们对数后面几个零饶有兴趣，后来直接揉成团扔进垃圾桶。

音乐人的梦想暂时回到原点，但他的毕业论文通过，也得到一家 IT 公司的内定。

我们原本约好等我考试完一起去小樽旅行，他家里打来了电话。

那之后他常常压低声音去外面接电话。有一次，他很久没回来，我出去找他，看他蹙着眉头抽烟。

"姐姐被未婚夫出轨以及骗走积蓄，昨天晚上她企图割腕被送到抢救室，刚脱离危险。我妈一直有抑郁症，因为这件事病倒了，也住在医院。现在家里一团糟。我爸希望我回去照看家里。"

"已经决定了，是吗？"

"也不是我能决定的事。"

"回去吧。"我上前抱住他，"没事的。"

他临行前我们拎着炸鸡和啤酒去海边。

海面的波光层次分明地荡过来，再荡回去，盛满了碎裂的月亮。

我身体微微后仰时摸到一块小小的扇状贝壳，便跑去离海水近一点的地方写我们的名字。潮水涨起来它们被冲刷掉，我再写一遍，被冲刷掉，我继续写，就这样写了好几遍。

即使后来我们之间的欢笑和悲伤、分享和分担，所有当时清晰无比的细枝末节，都如同沙滩上写下的名字，在时间和距离的冲刷之下一点点淡去，变成琐碎和遥远的曾经，但在那一刻，我完整地拥有过。

我们沿着小路往回走，昏黄色的路面上，两条影子的上部分紧紧靠在一起，往下一点漏着光，像倒立着的分叉的枝丫。

"你们那边有海吗？我印象里好像和东京差不多。"

"开车出去的话，能看到。"

"以前和朋友常去吗？"

"嗯，但以后不了。"他说，"我更想和你一起去。"

右手传来熟悉的温度，他握住了我的手。

"Yui。"他叫我的名字，"不能陪你去小樽了，对不起。"

7

事实上，后来我们再也没机会一起去任何地方。

我一开始就明白我们的问题在哪里，明白他不能陪在我身边，也不能拉我去他身边的理由。什么都清楚的人，也清楚什么都无法扭转，这才是最无力之处。

很久以后的一天晚上，我和朋友讨论起很多夭折的感情，我几乎斩钉截铁地跟她说有的感情不是夭折，是已完成。

成年人真正的离散与相处技巧、表达方式本质上关系不大，我们相识时所具备的经历、目标、责任，早就决定了共走的路能有多远。能共走的路好好走过了，到了该告别的时候就要告别。

真正的告别不是不见，而是不再怀念。

也不再有期待。

那天我们结束很早。

从 L 大出来之后，我说要回去收拾行李。

他心照不宣地说第二天是最后期限，有些数据在台式电脑里，正好也需要回去处理。

"那回去？"我问。

"回去吧。"他说。

分别前我们站在那里说了些无关轻重的话，然后他伸出左手，我没反应过来也先伸了左手，再换成右手，莫名其妙地和他握了握手。

"Yui。"他说，"能再见到你，我真的很开心。"

"嗯。"我说。

他下楼梯时回头看我，问我怎么了，我不知道自己当时是什么样的表情，只是努力笑着摇头，对他挥了挥手。他在原地迟疑一会儿，最终继续往前走。

两年过去，什么都没有改变。

他的身影消失在入站口很久，丢失了所有力气的我还站在原地无法动弹。

我们每天和不同的人相遇，有些遇见让你眼前一亮，误以为他是你的男主角，结果只是路人甲乙丙丁，落幕后未留下参演姓名。阳光照亮他的笑容，星星落入他的眼睛，他手心的温度留存至今，遗憾的是，这些原本能点燃你人生的瞬间，没有延伸成主剧情。

怪只怪爱这道难题，参不透，却着迷。

怪只怪，我们的缘分只能到此为止，我不怨，也不感激。

在异乡的车站，我就这样与他告别。

一生告别。

遗 失

弗罗斯特叹息：

"林中路分为两段，走上其中一段，把另一条留给下次。可是，再也没有下次了……"

1

凌晨五点，火车驶过苏州河。

初冬是凝结在玻璃窗上的水汽，外面的天色很黑，两岸的路灯一路绵延开去，亮成了一片。颜慕揉了揉已经僵硬的面颊，将白色的耳塞从耳朵里拉了出来。整整两天一夜，除了其间去过几次厕所，她几乎一直维持刚上车时的姿势，一个人呆呆地坐在靠窗的位置，不吃饭，不睡觉，不与人攀谈。

　　起初坐在对面的一对年轻男女曾热情地邀请她一起打牌，旁边的中年妇女也给她泡过一桶方便面，并且真诚地对她说："姑娘是第一次出远门吧，从上车开始就没见你吃过东西，大冬天的别把自己饿着了，来把这桶面吃了暖和暖和胃吧……你放心，我不是坏人，我家女儿都你这么大了呢。"颜慕都只是淡淡地笑笑，说句谢谢，然后就没有下文了。只是萍水相逢罢了，没有人会花太多心思在陌生人身上，渐渐的，大家都只当她是个怪人，各顾各的事去了。

　　昨晚还拥挤不堪的车厢此时已经空荡荡的了，剩下的小部分人也终于倦了，一人占去整排座位，毫无形象地往上一横便呼呼睡去了。脾气暴躁的列车员戴着塑料手套，提着一只新的大黑袋子又挨个来收拾垃圾。

　　"请问——"颜慕小声地开口，"还有多久到站？"

　　列车员似乎被突如其来的问话吓得不轻，口气里充满了不悦："六点到上海，还有多久自己算。"

　　一串开机动画之后，屏幕显示稳定下来，除了信息台发来的两条天气预报，再无其他。早就预料到的，这几年下来，颜慕已经习惯了这种安静的生活，不被谁重视也不主动去关心谁，总是一个人默默地穿梭于寝室、教室和图书馆之间。如此重复，每一天。

　　颜慕无数次告诉自己，我已经甘于平庸的生活了。次数多了，自己也就信了。可是确切说起来，双子座的颜慕只有一半愿意接受这个事实，而不甘心的另一半其实一直都在做着挣扎，否则，大半夜翻墙跑出学校，几乎是不计后果地直奔火车站，买票，上车，直到随着火车彻底离开四川奔赴上海，又该做何解释呢？

如果说，这一切只是因为看到那些温暖的句子而做出的冲动举动，那么之后进行的整个过程自己都没有犹豫过，一路的顺利更像是要证明这其实是自己预谋已久的计划。

是的，这绝对不是冲动二字就能囊括的。

火车准点到站。不知道是因为坐得太久还是被冻坏了，颜慕从座位上站起来的时候觉得自己的两条腿麻得厉害，感觉好像不是自己的了。黑色的车窗里能看到自己的影子，头发凌乱，衣衫单薄，脸色苍白而浮肿，一切都显得糟透了，可是她无法再抱怨其他，在看到车站外面熟悉的身影时，颜慕的心脏柔软下来，只觉得这一刻，她已经等待了好多好多年。

2

其实也不过分开三年，距离最后一次见面也才过去一年半，却有种恍若隔世的感觉。

　　颜慕挤过汹涌的人群，带着忐忑不安以及不可忽略的小激动和小兴奋站到了乔延的面前。三年的时间，这个男生已经完全褪去了当初的青涩模样，瘦了，黑了，轮廓比以前更加分明了，连个子也好像更高了一些。除了那股子与生俱来的气质，真的，完全变了个人似的。唯一不变的，恐怕是即使在这样混乱的车站里，乔延依旧能吸引住其他人的目光，一如他们还在中学的时候。只是，那时候颜慕可以肆无忌惮地勾着乔延的脖子，霸道地宣布他是只属于她一个人的风景，而现在，她无法想象已经有多少女生对他做出过同样的举动。想到这个，她不免怅然若失。

　　"你怎么一个人跑出来了？学校不上课吗？"乔延看着她，一脸严肃。他喜欢训她的毛病似乎一点没变，颜慕自知理亏，也不好意思多说什么，只得低头看着自己的鞋尖。

　　"突然跑到上海来做什么？你一个女孩子，又没出过远门，路上出了事怎么办？"他凶巴巴的口气，颜慕终于不服气地顶回一句："你怎么知道我这几年没出过远门呢？"话一出口自己就后悔了，干吗在这种时候说这样的话呢。

　　乔延果然闭了嘴不再多说什么，伸手接过她仅有的那只小背包，一个人转身朝着出口走去。颜慕亦不敢再多造次，乖乖地跟在他后面。

　　在打车回去的路上，两个人分明疏离了许多。乔延坐在前面，目光黯淡，颜慕心里为自己刚才的表现懊恼，极力想挽回些什么，但是发现那只是徒劳，于是也不再多言，老老实实地坐在后面，已无心风景，只望着车窗外渐渐明朗起来的天空发起呆来。

乔延今年大四，已经签了一家外企，现在是实习，只等毕业了就正式上岗。他也不住学校，在外面租的房子，一室一厅，阳光充足，沙发、大床、空调、电脑，该有的都一一俱全。他果然还是那么爱干净，整个屋子里收拾得整整齐齐的，茶几上甚至还摆放着鲜花，一点都不看出来这是一个毛头嫩青年的房间。

颜慕当然知道成都的物价和上海有着天壤之别，不禁对乔延的奢侈生活唏嘘不已。乔延解释说这都是公司给他安排的，因为他刚去一个月就完成了两笔可观的业务。"那清洁做得这么好对于一个男生而言也很不容易嘛。"屋里的空调开得很足，冬日的寒意被彻底赶了出去。颜慕坐在大沙发上，好奇地东张西望，没有发现有女生居住的痕迹，之前在车站的不快她轻易就忘记了。乔延并不回答，也不靠近，他站在门口的位置，似乎很认真但又无意地看着颜慕。

"你看什么？"颜慕问他。

他的目光里分明带着疏离和怀疑，但是独独没有发现过分的亲密。尽管来之前就想过他势必不会给自己太多的惊喜，但是到了面临的时刻,她却依旧胆怯了,是的,即使这些年她已经习惯了被忽视、被冷漠,但是,她还是害怕伤害,尤其是,来自他的。

乔延没有说出什么她不能承受的话来,只是说了一句:"颜颜,我觉得你变了许多。"

似是轻描淡写,不含褒贬,可是颜慕的心还是就这样沉了下来,一直沉到了最寒冷和最不愿意承认的荒芜之地。

3

这三年来改变的不只乔延,颜慕自己的变化更大。

只是,两人的变化朝着截然不同的方向。

三年以前的颜慕还是十七岁的颜慕,有着姣好的容颜,纯良可爱,总喜欢穿一袭干净的白色褶子裙,在整个西洛一中里形成一处亮眼的风景。十七岁的颜慕歌声婉转,舞姿动人,每一次艺术节的舞台上她必是最受瞩目的焦点。十七岁的颜慕总是拿着漂亮的成绩,父母均是重点大学的教授,男朋友是学校里公认的校草,那时候的乔延已然很优秀,所有人都认为他们是如此般配。总之,十七岁的颜慕拥有最美好的芳华,似乎正应了父母给她取名为"慕"的初衷,的确,她拥有的一切都让人羡慕。

三年以前。

所有的种种都只是三年以前。

也许上天真的很公平，没有人会一直倒霉，更没有人能永远一帆风顺。那年的夏天，颜慕的命运被上帝开了一个大大的玩笑，似乎是从这个玩笑开始，颜慕的生活在两年之内发生了翻天覆地的变化，甚至没有办法哭诉，她的整个青春就这样被拖得曲了折。

说来也不过只是高考失利，所有人都在看到颜慕的分数时大跌眼镜，是的，那个在高三最后一学期上过无数次主席台跟大家探讨学习方法，那个几乎每次模拟考都全市第一，那个放弃了 C 大的保送资格被父母期望着一定会北上的女生，高考居然连本科线都没上。这件事情实在让人匪夷所思，电话打了无数次，学校领导甚至动用了关系查到颜慕高考的卷子，结果证明事实如此，无力回天。那时候的颜慕还很坚强，所有人对她也仍旧满怀希望，于是在哭过之后，她毅然选择了复读这条道路。

而那个夏天，乔延不出意外地考进了 F 大，在九月的时候奔赴上海。临行前他去学校看已经在补习班上课的她，并且给她带去了一块新鲜的冰镇西瓜，然后眯着眼睛微笑着看她小口小口地吃完。对面教学楼的夹缝里，夕阳慢慢地坠去，天空被烧红了一片，他伸手替她擦去嘴角的一粒西瓜籽，慢吞吞地说："颜颜，补习是一件很辛苦的事情，我真怕你一个人撑不下来，只要你愿意，我就留下来。"

颜慕摇了摇头："一年很快就会过去，明年的这个时候，我就来上海找你，你可要等我，不要一进大学就被美女迷乱了心绪，红杏出墙了我可饶不了你！"

他从她的眼里看到了重新燃起的信心和斗志，于是放心地离去。只是谁也不会想到，到了第二年的夏天，她却依旧失败了，从此以后失败这两个字似是烙进了她的生命里，形影相随，摆脱不掉。

面对第二年再次失败的结果，颜慕连哭都哭不出来了，一中曾经扬言她将给学校筑造一个新的传奇，如今也已变成了一个冷笑话，说出来都觉得是个讽刺。向来对她期望很高的父母，自然也不相信自己如此优秀的女儿会过不了高考这一关，即使面子上挂不住，但还是鼓励颜慕不能将就，爸爸甚至当即拍桌子，颜颜非北大不上！这一巴掌拍得很响，于是颜慕收拾了行李独自去了城市边缘的一所学校补习，一个人，不认识任何人，更重要的是，也没有人认识她。即使颜慕心理素质足够强大，但是要在一中读第三个高三，她还是有点勇气不足。

那一年的夏天，乔延从上海回来，将已经快要撑不下去的颜慕紧紧抱在了怀里。她的眼泪终于大颗大颗掉下来，那是屈辱的、不甘的、无望的眼泪，颜慕问他："乔延，你相信我能做到吗？"

"能。"

他眼睁睁地看着这个曾经自信满满的女孩被生活折磨成如今这般无助的模样，只觉得心脏被人一刀一刀划开，比死了还难受。

终究还是没能去成北京，也没去成上海，颜慕觉得自己犹如一只蓄势已久的蚕蛹，在终于等到化蝶的那一刻时，却不小心折断了翅膀，挣扎了一次又一次，最后连仅有的残翼也被时光磨得消失殆尽，不得已掉进了冷暖的世界，伤口迟迟不能愈合，终于在某天彻底丢了之前的骄傲，在陌生和无措中愈发显得狼狈和不堪。父母终于失望，自己也不再挣扎，在一个夏末秋初，颜慕拖着行李站到了 C 大的校园里，这原本是两年以前就能直接来上的学校，兜兜转转，最后却还是回到原地。

只是，那已远远不是两年前的原地了。如果当时就接受保送，也许直到现在颜慕还能带着不曾丢失的光芒在平坦的道路上向前奔走，众人眼里，她还会是那个完美的颜慕，让父母骄傲的好女儿。

可是没有如果。是的，一切都已经改变。不过相差了两年的时间，十九岁的颜慕却已沦为了学校里再普通不过的女子，没有了十七岁时的光芒。那个过去的自己摇摇曳曳地存活在记忆里，仿若不太真切的影子，除了自己偶尔惦念，恐怕，任谁也不能再把两者联系起来。现在的颜慕，已经没有了乔延在身边。

造化弄人，大概就是这个意思。

4

乔延一直催促颜慕去洗个热水澡然后好好补补觉，但是颜慕死活不肯现在就去。两天一夜的火车硬座确实让她饱受折磨，不过也正因为如此她格外珍惜与乔延相见的这段时间，也许是这几年养成的不确定让她总有种马上就会失去的恐慌感，所以她还真有点怕一觉醒来才发现这只不过是个梦境而已。醒来之后她从不曾到过上海，也不曾见过乔延，生活仍旧一潭死水没有起伏。

不知不觉就到了中午，乔延亲自下厨，颜慕倚在厨房门口看他淘米切菜，样样都做得有板有眼，没有想到这个曾经的家务白痴竟然也会有如此"贤惠"的一天，颜慕忍不住感叹。

"你想象不到的地方还多着呢。"乔延板着脸，话语里却有掩盖不住的得意。

高中时两个人常常一起吃饭，同喝一碗粥的时候也有，那时候都还年轻，正是青春肆意的年纪，又是王子和公主般完美一对，于是恨不得把心底里满满的幸福溢出来给所有人看到。如今两个人又坐到了一起，几个菜都是颜慕的最爱，没想到乔延竟然都还记得，颜慕心里涌起一阵感动。

"颜颜，你为什么会突然来上海？"他终于问她。

她无以应答。任何理由说出来都显得苍白无力，"我很想念你"这样的话又让她有何颜面说得出口。以他对她的了解，自然从她闪烁的眼神里看得出一二，但是他装作不知道，硬要她回答，可是她终究选择沉默。

他看得出她这两年过得不好，皮肤虽然还过得去，却显得苍白病态，头发已经长得很长，但是缺乏打理而显得憔悴凌乱，让他深陷进去的那双水汪汪的大眼睛，如今也似乎快变得干涸。她咬着筷子，不说话。乔延叹了口气，对她，他一直都那么无奈，只要她眼神里流露出一点点慌乱，他都会心生不忍，三年前一样，如今，也仍旧没有改变。

他伸手替她揩脸上沾到的饭粒："你呀，吃东西就像小猪一样，每次都要弄得满脸都是。"他的动作太过细心太过温柔，把她的记忆一下拉回到了三年前的那个夏天，那时候他曾眯着眼睛微笑着看她小口小口地吃完冰镇西瓜，然后轻轻地擦去她嘴角的一粒西瓜籽，并且告诉她"我真怕你一个人撑不下来，只要你说，我就留下"。难过的情绪不可抑制地排山倒海而来，眼泪终于夺眶而出，颜慕抽噎着有些语无伦次："乔延，对不起对不起对不起……"

一直以来乔延最怕看到她的眼泪，每次看到她哭他都觉得世界末日般糟糕，面对突然崩溃的颜慕，他显然有些手足无措，最后，他低头吻了她。吻得很慌乱很霸道，好像是想把她吃进肚子里，却又怕伤着她，吻得很无奈很悲凉。时间就这样被拉长，世间所有的喧嚣都顷刻远去，颜慕睁大了眼睛，脸上很惊恐，脑袋里却一片空白，就连眼泪也忘了掉下来。慢慢地，她闭上了眼睛。

吃完饭后，乔延借口有事要出去，颜慕自然不阻挠。他的吻来得突然，两个人都需要好好理清自己的头绪。颜慕去浴室洗澡，热水让她清醒过来，此行她并不奢望挽回什么，但她感觉得到乔延还是在乎她的，仅这一点便足以弥补她不远千里跑来。"何必想太多呢，至少你已经知道，他并不是彻底忘了你。"颜慕自言自语，即使是自己说出的话也能让她感到愉悦起来。

把乔延的 T 恤当成睡衣穿在身上，然后躺进了他暖暖的被窝里，颜慕的满足感一下就跃了上来，很久以前她也曾认定以后会和乔延过上如此平静的生活，一起逛街、一起做饭、一起看电视，晚上在他的怀抱里沉沉睡去，她想要的，不过只是这么多，没想到这些微小的暖，竟也成了她不可触及的远。这个男生渐渐有了可以称为男人的稳重和魅力，他正越来越好，前途一片光明，而自己呢？想回到过去都已不可能。他们似乎已是两条相交过的直线，未来只会越隔越远，不再有相交的机会。

颜慕在睡梦里潸然泪下。

5

睡得迷迷糊糊中听到门铃在响，以为是乔延忘了带钥匙，颜慕急急忙忙地跑去开门，情急之中，连拖鞋穿反了也不自知。首先看到的却是一束红红的玫瑰，然后是花束后面突然伸出来的一张脸，以及一声故作恐怖却依旧清脆的"大乔乔！"颜慕着实被这突发情况吓得不轻，待看清楚双方之后，两个人都明显一愣。

"你是大乔乔……呃，乔延的亲戚？姐姐？妹妹？"那女孩疑惑地望着颜慕，自顾猜测开来。

不清楚她的身份，颜慕也不敢造次，只得保守地回答说："我是他朋友，过来看看他。你是？"

"朋友？以前的同学吧？"看到颜慕点了点头，女孩眼珠子一转，甜蜜的笑容跃了出来，"嘿嘿，我就说嘛，不是女朋友就好。对了，麻烦你先让让，我得先去把花换了，这样才能多保持几天，不然化就要死啦。"

颜慕急忙闪开身子让她进去，只见她甩掉鞋子就往客厅跑，光穿着袜子，连拖鞋也不换，她把茶几上的花束用带来的玫瑰花换上，然后用口袋把旧花束包好放进垃圾桶里，又往花瓶里添了些水之后，终于拍拍手说了一句"OK，大功告成！"回头看到还站在门口的颜慕，急忙冲她招手，"姐姐，你过来坐呀。接下来我要郑重地介绍下我自己——我就是乔延的铁杆粉丝忠实追求者 N 号陈小曼同学！"

她说完又站起来摆出一个动感超人的手势，脱掉了白色的羽绒服，她只穿着一件蓝色的低领毛衣和小短裙，笑的时候露出两颗小虎牙，十足的元气少女模样，让原本安静的屋子瞬间热闹了起来。颜慕坐在沙发上，看到她这个样子，也不禁微笑了起来。

"你喜欢乔延？"

"当然。"

"可是为什么是 N 号呢？"颜慕不解。

"很简单啊，乔延那么棒，咱们 F 大的校草，谁不喜欢他啊？所以我是 N 号，不过我绝对是最喜欢他的一个，别的人可比不过我。"陈小曼说这话时特别自信，眉飞色舞有点夺冠了的自豪。

早就该想到，优秀如乔延，中学时因为成绩好长得帅，身边总是一堆追随者，即使有着她这个正牌女友，别人也不见得就此死心，更何况大学里的他又加上了重点大学高才生、家境优渥、工作前景良好、无不良嗜好，尤其是单身帅哥这一点，自然免不得让他成为女生竞相追逐的对象。自己来时怎么就那么笃定他至今仍是单身，此行不会引起误会呢？颜慕苦笑，心里竟有几分酸楚。

"你是他朋友，他能让你穿他的衣服一定跟你关系很要好，你快跟我说说，他说他有女朋友是不是骗人的？"陈小曼紧张地看着颜慕。

"他有女朋友？"颜慕反问回去，这个她真的不知道。

"嗯，他一直这么说的，可是谁相信啊，大学三年了从来没见过他身边有女孩出现，哈哈哈哈。"陈小曼似乎很容易被自己的话感染，说到这个，她忍不住哈哈大笑起来。

颜慕笑不出来，有些呆住了，满脑子只在想乔延有女朋友了？他有女朋友了？他有女朋友了？

陈小曼很快撇开刚才的那个问题，和颜慕聊起天来："姐姐，你和大乔乔是高中同学，你是不是也快毕业了，这次是来上海实习的吗？"

"……不是，我只是来上海看看，一直很喜欢上海呢，却没有机会过来。"颜慕避重就轻，她这些年实在尽显老态，小姑娘一看就知道她比自己大上很多，她实在说不出口"我和你一样才大二"这样的话。连续三年的高考是她心里永远的耻辱，她从来不愿意多谈。

正在尴尬的时候，幸好乔延回来了，陈小曼在看到乔延的瞬间两眼发起光来，冲到门口去接他，喜欢之情溢于言表，乔延对她倒是无多少特别之处，只一眼颜慕便知乔延不喜欢陈小曼，这让她再次松了口气。

6

以陈小曼黏人的程度，晚餐自然变成了三个人一起。乔延似乎并不乐意，但是陈小曼笃定有第三个人在场他不敢做得太绝，于是死缠烂打，最后她谄媚说可以带他们去吃好吃的，颜慕看不过去那么可爱的女孩被残忍拒绝，于是帮腔说我难得来上海，正想去吃点什么好吃的呢，乔延这才答应下来。

三个人坐地铁去了南京路，颜慕站在外滩上眺望到浦东陆家嘴金融贸易区新貌，之后乘外滩观光隧道过江，最后晚餐在离浦东江边不远的湘菜馆吃的。似乎是第一次跟乔延吃饭，陈小曼显得格外兴奋，拿着菜谱点了沸腾鱼、手撕包菜、剁椒鱼头等菜，并且有些得意地告诉乔延和颜慕说这家湘菜馆的菜很好吃而且不贵之类的。乔延很少说话，认真地翻看着菜谱，他抬起头看看颜慕，说："要不然我们换个地方吃吧，你爱吃火锅和烧烤，我们去吃这些？"

"湘菜也不错，我没关系的。这家店也挺好的，名字我很喜欢。"颜慕说。

"对啊对啊，我也是喜欢这家的店名才喜欢来的呢。"陈小曼附和，然后殷勤地望着乔延。

这顿饭的气氛吃得很怪异，三个人各怀心事，陈小曼一直试图找话题，无奈另外两个人并不配合，最后扯到实在没什么可说的了才想起一个："啊对了，姐姐，你知道大乔乔为什么会和他女朋友分手吗？"

颜慕正在喝水，一下子被呛住，满脸通红咳嗽不止，乔延赶紧帮她拍背让她好过一些，从来没见他如此悉心地对过哪个女生，陈小曼看着两人，有些醋意地别开了头，然后听到乔延慢条斯理地帮忙代答："你错了，不是我要和她分手，我才是被人甩的那个。"

"啊？！"陈小曼瞪大了眼睛惊呼。

颜慕咳嗽得更厉害了，她冲大家示意了一下然后跑到了洗手间里，对着水槽哇哇地吐了起来，心里难受着，眼泪都被憋出来了却什么也吐不出来。

没错，当年并不是乔延主动离开颜慕，他们分手是因为颜慕的背叛。

前年的圣诞前夜，为了给颜慕惊喜的乔延逃了课从上海赶回。其实颜慕补习这两年两人的联系已经很少，怕打扰她上课，乔延只在想念到不可抑制的时候才给她打上一通电话，信却是每周都写的，一封一封寄来，告诉颜慕他一直都在，时间很快就会过去，他们以后就将永远在一起。他坚持给她写信让她不感到寂寞，却并不让她花时间回复，偶尔电话也是草草结束挂断。她这一年成绩下滑得厉害，言语之间多是自责和无望，几乎是到要放弃自己的地步，每个人都有自己的心理防线，更何况是颜慕这般从未尝试过失败的蜜糖女孩？即使颜慕表面上不动声色地在补习班里坚持着，可是连续两次的失败怎么会真的一点影响都没有？身边的人已经不再把她当成关注的焦点，可是父母却一直等待着她金榜题名的翻身之日，天知道下一次的结果会如何，压抑和悲愤在心里纠缠，颜慕无数次从噩梦中惊醒过来。可这些，颜慕从来不告诉任何人，包括乔延。

同班的人都知道颜慕的完美男友在大名鼎鼎的F大，钟情于她，不管等她多少年。他们并不知颜慕也是带着光芒一路走来，只知道这个补习两年都未能考上的女生，除了长得有些许好看之外并无其他过人之处，于是羡慕她，在泥泞的补习生涯里，有乔延这样的男朋友成了颜慕唯一让人羡慕的地方。终于决定分手，这个念想来得突然，可还是在乔延突然出现在自己面前时狠下心来。

"这两年来我想了许多，难过无助的时候你不能陪在我身边，很多时候我孤立无援，感觉不到你的存在。而且你此后将一帆风顺，而我可能永远也过不了高考这一关，我们的距离越来越大，这让我感到害怕。我现在需要的并不是你遥远的想念和没有温度的信件，我需要真实可触的臂膀，在这样的时候与我共同进退。喏，你看到坐在最前排的那个男生了吗？他每天晚上都给我买夜宵，陪我熬夜做题，半年下来，我觉得也许我和他才更为合适。对不起乔延，你不必再等我，我们已经不再适合在一起。"

这些话说得无比顺口，好像早已排练好了一般，颜慕说完后面无表情。

"颜颜，我知道你这两年过得辛苦，我也后悔当初没有狠下心来陪你度过最难熬的日子，可是请你不要自暴自弃好不好？无论你这一年考到什么学校，或者就算你不上学了也无所谓，很快我就毕业，以后我可以养你，我们会永远在一起。"

"不是这样的，我只是想和你分开，你太优秀，你的优秀只会让我想起过去的自己和如今的可笑。我也不知道我为什么会变成这样，可是又能有什么办法呢？为了我那点仅剩的可怜的自尊，请你，离开我。"

看到乔延离开的背影，颜慕几乎立刻就后悔了，可是在那段她最灰暗最痛苦的日子里，她快要抓狂了，她迫切地需要一个发泄的切口，只有他还爱她，没有别的人选，所以她伤害他。她只想抛弃所有的一切，也许那样她才会慢慢冷静下来，可是这耗费的时间太长太长，回过神来，他已经不在身边好久好久。

她并没有移情别恋，可是这段维持了四年的感情，终究是她先有了背叛。

7

晚饭过后先送陈小曼回去，不知道颜慕在洗手间的时间乔延对陈小曼说了什么，一路上陈小曼安静了很多，全然没有了来时的激动和兴奋。一个人自顾自地走着，低着头，有时候踢踢脚下的石头。她是心无芥蒂的女孩，上海本地人，长相讨喜，又是 F 大的才女，就像……就像以前中学的颜慕。只是她不如颜慕好运，遇到乔延时注定晚了一步。

夜晚的上海格外美丽，颜慕有些沉醉于这样和乔延肩并肩散步的情景，只是终究是冬日，上海的夜晚要比成都冷上许多，来时颜慕并无多少准备，衣衫单薄的她不禁打了一个喷嚏。乔延皱皱眉头将羽绒服脱下来逼她穿上，颜慕看到陈小曼似乎快要哭出来了。

陈小曼快要到家时突然又变得开心起来，蹦蹦跳跳地过来拉着颜慕的手，姐姐长姐姐短地嘻嘻哈哈。如同小孩一般，心里想什么脸上就表现什么，让人实在心生喜欢。

"对了姐姐，我还不知道你的名字呢？"她笑眯眯地问她，亮亮的眸子在夜色里格外动人。

"颜慕。"

"颜色的颜，羡慕的慕吗？"

"嗯。"

陈小曼点了点头，眼角弯弯，这次是真的笑了起来，她凑过头来跟颜慕说了些什么，颜慕也跟着笑了起来，乔延好奇地看着两个奇奇怪怪的女生，却不好意思去听她们在说些什么。陈小曼到家了，她挥挥手同乔延道别："大乔乔，你第一次送我回家哦，我真开心。大乔乔，再见啦！"

——这一次，真的再见了。

回来以后离睡觉的时间还早，乔延打开电脑处理一些还没完成的工作，颜慕躺在床上翻他那些厚厚的书，他们的专业并不相同，实在看不懂，于是放下了书专心地盯着他的背影看。他认真工作的样子很有魅力，让她着迷，幸好是背对着的，她就这样看他，肆无忌惮。时间多么神奇又多么恐怖呀，不经意间改变着一切，让人毫无察觉，待到清醒时才发现所有的一切都已经物是人非。

"陈小曼后来跟你说了什么？"乔延忙完工作，难得好奇地问道。

"女生之间的秘密，不告诉你。"颜慕眨了眨眼，小心翼翼地试探，"乔延，陈小曼那女孩其实挺不错的。"

"嗯，是不错。那又怎么样？"乔延反问。

"你没想过……没想过要和她发展试试么？"

"挺好的？所以你就让我跟她在一起？"乔延突然变得很生气，"颜慕，为什么你总是那么自以为是地安排我的生活，什么适合我，什么不适合我，难道我自己不知道吗？不劳你千里迢迢从四川跑到上海来对我的情感生活指手画脚。"

"我只是觉得……觉得她挺好的。"他第一次直接叫她的全名，带着陌生，让颜慕恐慌。

"可是我不喜欢她，你不觉得么，她实在太像一个人了。"

"谁？"

"过去的你。"

说出这句话后终于不能再伪装，乔延怨恨的目光让颜慕浑身上下感到一阵寒意。他果然还是没有忘记自己给他带来的伤害，"就算你已经不爱我，也请保留我对过去的唯一一点美好记忆，不要让我彻底地觉得当初看错了你。我等了你这么久，结果你一来只是想把我往别人身边推。既然你如此看轻我和我的爱情，那么我也没有必要一直犯傻下去了。"

乔延把卧室让给了颜慕，抱着被子和枕头去了客厅睡沙发，门关上那一刻，颜慕只觉得自己陷入了无边的黑暗里，没有救命的稻草，整个世界只剩下她一个人独自沉沦。他还是怨她，他们果然走到了尽头，藕断丝连又如何，终究回不到完整的过去。悲伤无法抑制。

是那样的吗？她自以为是地安排着他的生活，当初他要留下来，是自己让他放心地离开，最后又指责他的不能陪伴让自己孤立无援。她要分手，于是说狠话中伤他，迫使他离开，如今终于忍不住来上海看他，于是又期待着他一如从前地真心相待。她不是不知道他还爱着她的啊，不然为什么分开这么久了他都没有换手机号码，让她想念他到快发疯的时候轻易地就找得到他？而她却吝啬得连一句"我很想念你"都说不出来，一句都说不出来。

明明开着空调却仍旧觉得冰冷不已，颜慕蜷缩起身子，却还是冷得直哆嗦。陈小曼最后对她说的那番话又在她耳边回响起来，她说："原来你就是大乔乔出走的那颗心，颜慕姐姐，欢迎你的回归。"可是，中途她迷失了一段路程，遗失了原本前进的方向，如今，她还能回归么？

明天，也许她就该离开这里，从此不再对他的生活有任何打扰。再也不能继续伪装，颜慕把头深深埋进了枕头里，咬紧了嘴唇，眼泪成灾。

半夜，迷迷糊糊的她感觉到有人从身后抱住了自己，是曾经幻想过无数次的温暖胸膛，她紧紧地贴了过去，并未完全醒来。半梦半醒之间，她听到乔延的声音，脆弱的、屈服的、毫无办法的："颜颜，你说我该拿你怎么办呢？"

有温润的液体滴落到她的脖子里，让她心疼到快要窒息。

她睁不开眼睛，不知道这是梦境还是现实，可是她嘟囔着还是说了出来，她知道自己必须要说出来，无论梦境还是现实，她都要说出来的话："乔延，我爱你。"

夜空会记得

1

傍晚，林遥弓着背站在阳台上洗头发，一缕一缕的青丝在绿色的盆子里软软地盘成几个圈，水的温度恰好，洗头膏的大团泡沫在林遥苍白的手指下形成又消失。别人洗头都是闭着眼的，而林遥不，洗发水流进眼睛里也只是抓起毛巾擦一擦就完事，她的眼睛就那么睁大着，低头清洗的时候会看到自己的头发像水草一样柔软地在盆子里荡漾。

林遥洗完头发也不急着吹干，她喜欢对着镜子慢慢地梳，她的头发好像她的性格一般简单温顺，水珠顺着发尖一滴一滴落到地上，好像房檐下的雨水，砸在地上时会溅起小小的水花。大学两年，林遥的头发从最初的板寸到如今的"清汤挂面"，而兴趣却如同发梢上的水珠，一点一点地流逝、消失。

想到这里，林遥对着镜子里的自己叹了口气。

头发还没有全干，赵子霄就出现在了女生寝室下面。他穿得正式，站得笔直，表情严肃，小提琴摆好了位置，身后几个男生推了他一把，他这才抬起了手臂。赵子霄的小提琴原本拉奏得极好，却因为太过紧张而拉出了好几个颤音。然而琴声终究优美，引来楼上楼下很多人驻足围观。

若云向来爱凑热闹，于是也跑到阳台上去看了，看清下面来人竟然是赵子霄后，兴奋地大叫了一声："林遥快来看！"听到琴声林遥心里已猜到八成，直到楼下几个男生一起喊出："林遥，林遥"，于是胡乱穿了拖鞋，粗略地擦了擦头发就急急地奔向楼下。

傍晚七点，夜色微醺，道路两旁的路灯渐次亮起，暖暖的黄，浸透着无尽的暧昧。赵子霄身体修长，在这暧昧的光晕里轮廓被勾勒得摄人心魄，林遥望过去，不知道是紧张还是隐形眼镜的缘故，忽然觉得他如此遥远。他身边已经围了不少看热闹的人，看到女主角出现，口哨声、鼓掌声、叫好声顿时连成一片。林遥愣愣地被人推到了赵子霄面前，而看热闹的人则被赵子霄同寝室的几个男生赶出去好远。

"林遥，生日快乐。"赵子霄放下小提琴，面色绯红，声音局促。

"谢谢。"

"这个……送你的。"一盒巧克力，盒子上用粉红色绸带打成了一只桃心的模样，看得出包装时费了一番心思。

林遥接过，抱在怀里，眼角弯弯笑得可爱，温柔而耐心地看着赵子霄，不想他却没了下文，目光飘忽不定，连停在女生身上都不敢。气氛有些尴尬，林遥微笑："刚才的曲子很好听，是《梁祝》吧？"

"嗯。你喜欢就好。"赵子霄傻乎乎地跟着笑了起来，"那……那我走了。"

走出一段距离，他又返身回来，表情很复杂，有些懊恼，似乎酝酿着勇气，林遥站在原地安静地看着他，等了半天却听他说："生日快乐啊……我、我真回去了。"女生点了点头，然后便见他迅速转身，很快便消失在了转角处。

回到寝室之后，林遥把那盒巧克力分给大家吃，若云八卦地来打探结果，见林遥无力地摇了摇头，便一脸失望："啊？……怎么又是这样。赵子霄也真够逊的，这么好的机会也不知道珍惜。"

"不是他不知道，而是他还不够爱我。"林遥把玩着盒子上掉下来的那颗粉红色桃心，看起来折得很复杂，其实只要拉住线头的那根丝带，这个桃心便也就随之而散。

世间任何无坚不摧细究起来都有弱点，完美如赵子霄，爱或者不爱，也就显而易见。

但是心里终究是不甘的。她对他一路追随，不舍不弃，而在大学这两年，赵子霄的身边除了她也没有别的女生出现。他们不同系，却每一天都一起去食堂吃饭，自习课一起上，周末约好一起爬山或者打球，放假了也一起坐火车回家，仿佛能利用的分分秒秒都抓紧在一起了。学校里谁都知道林遥和赵子霄是一对，可是独独两个当事人之间却捅破不了那张纸。

这让林遥懊恼，却又无可奈何。若云有时看着两人都急不过来，劝林遥干脆反客为主主动出击，可是林遥比任何人都清楚，自己能做的，只有等待。

以为生日这天赵子霄会有所表示，没想到仍旧是这样收场。自他慌忙离开之后，两个人就没有再联系，若云说他晚点一定会单独再约林遥出去，看到她一副自信满满的样子，林遥也紧张地等待着那个电话的到来。

可是八点过去了，九点过去了，十点也快过去了，赵子霄的电话也没有打来。也许他心里并不在乎自己。林遥泄气地躺在床上，准备收拾收拾睡觉。

电话在这时候响了起来。

2

林遥蹙着眉头望着对面正狼吞虎咽，连块豆腐都能吃成熊掌的人，乍眼看去，他短短的头发像刺猬，硕大的脑袋像长在了汤盆里抬不起来，衣服也是邋里邋遢，而脚上正踩着一双破旧的人字拖，幸好他此时抬起了头，一张年轻的脸还算得上英俊，不然林遥真怀疑自己是不是半夜遇到饿死鬼了。

"小遥遥，你不要只顾着垂涎我的美色，喏，"男生说着从自己碗里夹了一块鸡翅膀扔到林遥碗里，表情无比慷慨，"这家烤鸡翅的味道不错，你也尝尝。"

林遥望着自己碗里那块被啃过一口的鸡翅膀，尤其是唐临风还期待地看着自己，打电话说什么要给自己过生日，搞了半天却只见他埋头大吃，从赵子霄那里得来的所有委屈都变成了怒气，"唐临风！"女生抓起桌上的蛋糕就整个扣了过去，幸好男生眼疾手快，躲过了大半，但是头发上脸上还是粘上了好大一坨红红绿绿的奶油。唐临风也不生气，故作委屈地撇了撇嘴，用大拇指沾了块红色的奶油涂到自己的鼻子上，恶心地把煮鸡蛋当成玩具连抛了起来，手一边挥舞，眼睛还一边跟着乱眨，一不小心鸡蛋就砸到了他鼻子上，痛得他龇牙咧嘴，手上的动作却仍旧没有停下来，搞笑至极，林遥终于忍不住"噗哧"一下笑了场。

没错，眼前这个活宝一般的男生有个响当当的大名：唐临风。唐太宗的唐，玉树临风的临风。

要说起来，林遥与唐临风的相识颇具戏剧化。

赵子霄的迟迟不表态，让林遥心急万分，有一次两人在操场散步，周围来来往往都是携手相游的亲密恋人，林遥看得羡慕，于是鼓足勇气说了一大堆，就差把那三个字脱口而出了，而赵子霄却如同一块木头般无动于衷，不知是真不懂还是装糊涂，林遥当时气得要死，回来后又羞又怨，最后变成了满肚子的委屈，于是提笔在墙上恶狠狠地写下"寻夫"两字，条件写"本人貌美，求玉树临风夫君一枚"，一时犯晕，最后竟真的附上了自己的手机号，无论如何，这才觉得出了口恶气。可是回到寝室就后悔了，若云宽慰说："那是教室的墙壁文化，看到的人也只当成捉弄和笑柄，你放心，不会有人当真。"

结果军师失算，还真的就有人当真了。当天晚上就有人找来，正巧林遥的怨气还没发泄完，于是两人开始了电话和短信的轮番轰炸，几乎没有一句好话，全是歇斯底里的咆哮。最后演变成幼稚地对骂：

"你就是个臭不要脸的烂黄瓜！"

"黄瓜用处多，总比你这只缺爱又缺钙的酸橘子强！"

"你才缺爱缺钙你们全家都缺爱缺钙！"

······

直到凌晨四点总算休战，林遥心里的所有不快也基本发泄完毕，想起如今的自己扮演的可是淑女，于是准备甩了他好好睡觉，结果一句"其实你不是我要找的人"却不能将其成功打发，对方回复过来"你不是要找玉树临风的夫君吗？你去全校打听打听，除了我还会有谁。"

"你是谁？"

"我就是临风！唐临风。"

从此后两人就像杠上了，每每从赵子霄那里受了气，林遥第一个想到的便是唐临风，倒不是把他看得多重要，而是只有跟他才吵得起来，两人就像磁场不合，相遇必爆。上大学以后林遥给人的印象大多是温柔、智慧、好脾气，没有人能与她发生口角之争，而林遥也不愿意坏了自己费尽心思经营起的淑女形象。于是除了唐临风，没有第二个人能让林遥发泄得如此酣畅淋漓。吵归吵，幸得唐临风多少有点风度，从来不跟她记仇，每次吵完就忘记，于是这也在无形之中助长了林遥的撒泼气焰。日子久了，林遥也愿意对唐临风说些真话，就像现在，她又啰里啰唆地将赵子霄指控了一番。

"你说他是不是很逊？若云都这么说了。"林遥义愤填膺。

"那么逊的男人你还等他干吗？甩了不就得了，何必搞得自己这么不开心。"唐临风正剥着刚才砸到他鼻子的那个鸡蛋，然后一口塞进嘴里，吃得很欢。

"你不明白。我不可能放弃他。"林遥轻轻叹了口气，耷拉下脑袋，终于还是将挫败泄露了出来。

3

　　大家都以为赵子霄方方面面都完美，只在一处很逊，那就是在爱情面前犹豫不决，只有林遥清楚，事实并非如此。于林遥而言，赵子霄的缺陷不是对爱情不决，而是，对她的犹豫。

　　遇见赵子霄那年，林遥十七岁，是不学无术的高三女生。而那时候的赵子霄已然很优秀，长相不俗，才能出类拔萃，还是学校要培养的重点苗子之一。林遥注意他却不是在班级的会议安排上，也不是在学校的升旗集会上，而是在傍晚时分破旧不堪的操场上。

　　那天林遥被人以纸条约会到此，明知道是对方处心积虑的报复，可是放学后她还是来了，那年的林遥和现在不像是同一个人，那时候她还是板寸头，说话做事与男生无异，和一帮小混混勾肩搭背惹出过不少事端，而那天相约的正是一个见不惯她很久的小太妹，这种场合林遥见怪不怪，也无从畏惧，只不过这次林遥是一个人来的，而对方却来了一群。她们下手很重，林遥被揍得很惨，人走光了很久林遥也没爬得起来。

　　赵子霄的出现当然不是上演英雄救美，事实上他来的时候那些人早已走光，他只看见林遥一个人躺在地上一动不动，以为她死了，着急得不行，准备抱起她往医务室跑，林遥就是在被抱起那一刻醒来的，她不分青红皂白地大吼了一声："你要干吗?!"怀抱里的人突然起死回生，赵子霄被吓了一跳，手一软差点把林遥又摔到地上。

林遥死活不肯去医务室，赵子霄就此离去又不放心，于是只好陪着她在操场上坐了很久。那天赵子霄心情似乎不好，眉宇纠结满面惆怅，林遥向来看不起这种好好学习天天向上的类型，于是两人就那么傻坐着没有别的话说。夜色渐浓，凉意升起，伤口本来就痛，受了点凉的林遥忍不住打了个寒战，赵子霄素来就是有风度的人，于是当即脱下外套披在她身上。林遥本想拒绝，见他皱着眉头看向自己的怜惜目光之后，拒绝的话突然就说不出口。

"你要是敢把今天的事告诉老师你就死定了。"林遥离开时不忘恶狠狠地警告。

"你放心，我不会……"赵子霄说得真切，"不过女孩子还是不要打架为好。"

居高临下看去，赵子霄的眉目亮若星辰，在皎洁的月光下被勾勒出温柔的轮廓。他和林遥说话时也与其他人不同，没有讥笑和不屑，反倒露出几分关心。他的声音沉稳，却在那一瞬间像一把利刃将林遥坚硬的外壳刺破，递还衣服给他时触碰到他的指尖，很温暖，林遥竟觉得像触碰到一股小小的电流，瞬间击遍她的全身，她觉得自己唰地一下燃烧了起来，跑开时竟带有不安和兴奋。

年少的爱情来得如此意外，情窦初开有时只需要一句话、一个眼神便已足够，与冲动无关，但它注定影响你很久很久。

后来才发现，当你关注某个人的时候，他就无处不在。

林遥选了一个好的座位，只要稍微偏下头，便能看到赵子霄的一举一动，他思考时的样子，他做题时的样子，他说话时的样子，他笑起来的样子，林遥竟然都觉得英俊无比。她想，这就是爱情了吗？那么，请让我们在一起吧。她大胆地当着所有人的面同他表白，每天一封情书邮寄给他，每天晚上会折一只星星，在上面写他的名字，可是最后都被他退了回来，他只说："抱歉，我不喜欢你。"

而那时候班上有个叫周佳瑜的女生，是学习委员，性格温和，大眼睛白皮肤，喜欢穿白色的棉布裙和帆布鞋，她清瘦干净，学校大半的男生都喜欢她，赵子霄也不例外。

他是听话的好学生，却在遇到周佳瑜后做过很多出格的举动。他每天早上买好早餐放到她的抽屉里，晚自习下课后护送她回去，情人节和生日送她花，还跟纠缠她的小混混狠狠地打过架，他几乎为她着了魔，丢失了所有的理智，可是他们在一起的时间很短暂，周佳瑜太优秀，她爱高考胜过爱赵子霄，所以她决绝地同他分了手，赵子霄不甘，在全校的升旗仪式上告诉她他多么爱她，高考并不影响他们在一起，他们可以一起努力。他说得情真意切，感动了很多人，却没有换来周佳瑜的回心转意，最后还差点被学校记过。

林遥看着心疼，说："你何必呢。"

赵子霄淡淡地看了她一眼，目光里竟然带着一丝不屑："我愿意。"

"赵子霄——"林遥紧紧地盯着他的眼睛，一字一顿地说，"我不是周佳瑜，但是我会让你明白我有多爱你。"

教室里的光线黯淡，林遥的眼睛分外明亮，赵子霄只觉得心上一紧。

高考后，周佳瑜如愿去了北京，赵子霄第一志愿落空，被调剂到了南京，而拼了命学习一年的林遥，终于跟随着赵子霄的脚步被录取到了同一所学校。

周佳瑜是丢了线的风筝，赵子霄却不是能相随的风，林遥看着他灰心，看着他绝望，看着他对自己从置之不理到形影不离，心疼着又满怀希望。

但是最后如何，她不敢笃定。

4

所有的女孩都渴望得到完美的爱情，二十岁的林遥也是如此。

和别人不同的是，她不是渴望，而是需要。

"需要"这个词听起来似乎多了丝强加和利用的意思，可是那又怎么样。

需要并不代表将就，林遥需要的爱情太狭隘，它只能来自赵子霄。

十七岁的时候她需要得迫切，倔强的性格让她勇敢得像个女战士，无视各种目光，对赵子霄上演征服的戏码，屡败屡战，屡战屡败。二十岁的时候，她的爱已被磨平了棱角，只余下不太确定的等待，等待赵子霄的一次不知何时才会死掉的想念和酝酿好的勇气。

在若云的催促下，林遥比以前要主动些。她约他看了很多部爱情电影，参加了很多次舞会，还一起做了几个研究课题，她表现出了一个女生成熟、优雅、知性而迷人的一面，等着他的折服与拜倒，他却仍旧如同一块没有心的石头，硬得让人伤心。

赵子霄的一个舍友生日，要在外举行一个小型派对。赵子霄来找林遥，问她愿不愿意同往，他说："他们要求每个人都得带女朋友，你知道我在学校没有更好的朋友了，林遥，你愿意做我的女伴吗？"

当然愿意，一万个愿意。

虽然赵子霄最后勉强用了"女伴"这个词，但是他主动邀约，而且是这种派对，说明林遥在他心目中不是没有地位。这天寝室的姑娘们都为林遥的衣着出谋划策，大有指点江山的豪迈，若云说："遥遥，你这次一定要乘胜追击，今晚一定要将赵子霄拿下，不然别活着回来见我！"

"遵命！"林遥将手举到额头上，吐了吐舌头。

下楼竟然碰到唐临风，他还是一副懒散邋遢的样子，看到林遥后，他穿着那双旧拖鞋"啪嗒啪嗒"地走过来，"你穿这么漂亮要去干吗？"

"嘿嘿，是不是被迷倒了？姑娘我要去会情郎，祝我马到成功吧！"林遥难得这么好脾气地回唐临风的话。

"笑得太荡漾了，真受不了……啧啧……"

"去死！"林遥甩甩头发，也不在意，哼了一声便跑了。

唐临风看着她兴奋的背影，表情凝重地努了努嘴。

5

派对在一家歌厅的包间举行。

来的只有赵子霄同寝室的四个人，以及四人的女友——如果林遥也算的话。

席间大家玩猜拳，后来大家逼着寿星和女朋友喝交杯酒，然后拥抱，并且接一分钟的吻，轮到林遥输的时候，寿星报仇似的先起哄要赵子霄抱着林遥出去绕着歌厅走一圈，林遥期待地看向赵子霄，结果他笑着推辞了，豪迈地举起杯子："林遥脸皮薄，我还是喝酒做惩罚吧。"

玩到半夜才散场，其他三对都开房的开房、玩的玩去了，只剩林遥和赵子霄。赵子霄喝得有点多，走路东倒西歪，出来后吹点冷风就受不了，吐了，林遥力气小，忙得满头大汗，后来好不容易才打到一辆出租车，司机问去哪，林遥看了看怀里醉得不省人事的赵子霄，说："去附近的酒店吧。"

林遥费了很大力气才把赵子霄扶到床上，替他脱了外套和鞋子，然后用热水打湿毛巾敷在他的额头上。

第一次这么近看他。

他的睫毛很长，棱角分明，衬衣领子敞开着，露出性感宽阔的胸膛，他睡得很熟，看起来让人心疼。他是那种越看越迷人的男生，林遥伸手轻轻抚摸他的脸，手指觉得麻酥酥的，这个就是她爱了这么多年的人。

她起身，忍不住想去吻他。

靠近时却听到他小孩子般地嘟囔了一句，林遥触电般地停住，然后眼泪掉下来。

那是林遥度过的最漫长的一夜。

她爱的人就在她的面前，可是她却不能靠近。

　　她突然不知道自己该做些什么，拿出手机想跟人说说话，电话簿里储存的名字不多，没有合适的人选。在唐临风的名字前停顿了一下，最后滑了过去。

　　林遥既不想倾诉也不想吵架，默默地放下手机。

　　她走到窗边，望着已经沉睡的城市，第一次觉得如此孤独。

　　而睡梦中的赵子霄浑然不知。

　　林遥擦了擦眼泪，然后伏在赵子霄的床前慢慢地抄一首诗：

　　你见，或者不见我 / 我就在那里 / 不悲不喜 / 你念，或者不念我 / 情就在那里 / 不来不去 / 你爱，或者不爱我 / 爱就在那里 / 不增不减 / 你跟，或者不跟我 / 我的手就在你手里 / 不舍不弃 / 来我的怀里 / 或者 / 让我住进你的心里 / 默然相爱 / 寂静欢喜

6

　　林遥在博客上写：

　　"真正爱一个人，必是不假思索勇往直前，绝非唯唯诺诺瞻前顾后。如果真爱，那么势必在对方需要时无迟疑、无顾虑，付出所有在所不惜；势必在分歧时无怨恨、无猜忌，

宽容相待绝不背弃；势必在伤心时予以肩膀，危险时予以援手，气馁时予以勇气，愤怒时予以宽慰，孤单时予以陪伴。爱是不欺瞒，不算计，不间断，不枯萎，爱是忍耐是恩慈，是恒久与不息。"

她爱赵子霄，所以她可以等待可以忍耐，不管需要多少时间。她知道只要她一直陪在他身边，她的爱情就必定会有开花结果的一天。

可那也是在有希望有结果的情况下。周佳瑜的出现，让这一切都变成泡影。

周佳瑜是来做交换生的，赵子霄在看到她的那一刻，眼睛里沉睡已久的火焰迅速燃烧起来，喜悦之情溢于言表，但那份失而复得的欣喜到了林遥眼里都变成了灼人的伤，她知道，他的爱活过来了，却不是为她。

周佳瑜还是单身。于是他好像又变成了十七岁的那个少年，为了爱披荆斩棘，他为她买早餐，接送她上下课，自习课一起上，选题一起做，此前与林遥的种种，皆转移到了周佳瑜身上，并且不再是单纯的敷衍，而是饱含了爱意。

所有人都为林遥鸣不平，觉得赵子霄居然为了一个新来的交换生就轻易抛弃了女友，实在是陈世美的行径。而新来的交换生不过就是长得美了一点，却也不见得比林遥强到哪里去啊。

赵子霄再也没有主动找过林遥。有一天在食堂遇到，只见赵子霄正殷勤地为周佳瑜擦桌子，当时人很多座位很少，林遥走过去问："介意我坐这里吗？"赵子霄抬头看了看她，笑着说："不介意，大家都是老同学了，不用这么客气。"

"你这么说不就是很客气么。"林遥想。

赵子霄去打饭了，只剩下两个女生。"你是……林遥？"周佳瑜看了她很久，终于不确定地问了出来。

"嗯。周佳瑜，你终于想起我来了。"林遥微笑。

"啊！真的是你！林遥你变了好多，比以前漂亮多了，真的，我一下子还真没认出来！"周佳瑜似乎很惊喜，"没想到你和子霄上了同一所大学，真是太好了！"

"我也没想到你竟然会到我们学校来做交换生呢，想当初，赵子霄为了你可做过不少傻事。"

"那会儿年少不懂事嘛不是？其实当时我做得挺绝情的，但是我也是为了子霄好，不想让他为了我耽误了前程。"周佳瑜捋捋头发，望向不远处正在为自己打饭的男生，笑容里多了一分妩媚，"这些年我一直不能释怀，可是又放不下面子主动来找他，只能私下偷偷打听些和他有关的消息，听说他一直没有女朋友，所以我才终于鼓足勇气申请到了这次做交换生的机会。有些事情，希望还来得及吧。"

林遥看了看他们俩，眼里涩得难受。如果当初她能像高中时那么勇敢，或者就像若云鼓励的一样主动一点，她和赵子霄的结局，是不是就会有所不同？

赵子霄汗涔涔地跑过来，有些歉意地对周佳瑜说："你爱吃的土豆排骨没有了，太可惜了，对不起啊，我下次会早点去排队的。"

"没关系啊，我现在很好养的。"周佳瑜笑眯眯地拿出纸巾给他擦额头上的汗，赵子霄受宠若惊，面色绯红，羞涩得像个小孩，然后有些语无伦次地说："你、你不喜欢吃香菜，我帮你……帮你把香菜都挑出去哈。"

林遥想起那次赵子霄醉酒被自己带去酒店的事。他喝醉了之后一直叨念着一个名字，熟睡后说梦话也只叨念着那个名字——周佳瑜。他说："周佳瑜，我真的很爱你。"第二天醒来之后看到林遥，赵子霄惊恐万分，不知道自己昨晚有没有做什么错事。她说他们什么都没发生，他才释然地呼出一大口气。他那谨慎而后悔的表情着实让林遥心死了大半。

周佳瑜，周佳瑜，他心里眼里全都只有一个周佳瑜。

林遥终于明白，如今，赵子霄的爱像发了酵的酒，随着时间的流逝，不会熄灭，只会越来越浓烈。他爱的是周佳瑜这个人，即使她现在已经是齐耳短发小西装。

林遥不是周佳瑜。

永远都不可能是。

7

林遥没有失恋。事实上她与赵子霄从来就没有恋过,又谈什么失呢?

赵子霄这三个字在林遥的寝室成为禁语,原因是若云怕刺激到林遥,怕她想不开。其实就算她们不说,全校都传出郎才女貌模范情侣的一条又一条新闻时,林遥又怎么可能不知道赵子霄与周佳瑜的进展呢?

倒是唐临风的出镜率变得高了起来,他与寝室的几个姐妹的关系一路飙升,连若云都常常在林遥面前说几句他的好话。司马昭之心,路人皆知。林遥也没有躲着他,只是累了,没有了赵子霄,她连吵架的心情都没有了。

人生就是这么奇怪。一环接一环,环环相扣。你以为某一环是你的障碍,却不想除却了那环之后,你连和另一环扣在一起的机会都没有了。

唐临风约林遥圣诞节一起去看烟火晚会,不知道若云收了他多少贿赂,天天在林遥耳边念叨,林遥于是决定去了。唐临风还是那么自以为是地笑得很贱,两人一见面就针对对方的衣着互掐起来,好像回到了以前,林遥的心情变好了很多。

去吃大排档的时候,冤家路窄地碰到赵子霄和周佳瑜,唐临风远远就看到他们，本来想拉着林遥走，却不想林遥眼尖也看到了。以为林遥会马上拉下脸来，没想到她竟然走过去主动跟他们打招呼。

"你男朋友呀？"赵子霄看到林遥身后跟着的唐临风，于是冲着林遥坏坏地笑。

"子霄你少见多怪啦，林遥这么漂亮，有男朋友很正常，有什么好稀奇的。"周佳瑜亲昵地拉着林遥的手，"等会的烟火会，我们一起去看吧。"

"不打扰你们的甜蜜了，而且……我们也需要独处的空间嘛。哈哈。"林遥大笑着抽出自己的手，"你们好好玩，我们先去别的地方转转。"转身走出一段距离之后又回过头来补充了一句，"圣诞快乐，祝你们永远幸福。"

唐临风从来没有见过笑得这么甜蜜的林遥，愣愣地跟在她身后看她跑来跑去，似乎高兴得不行，他拉住她："遥遥，不开心不用强忍着的。"

"我没有不开心啊。"林遥疑惑地看着他。

"那就好。"唐临风放心下来，"看到你这样我就放心了。人都要经历一些挫折才会长大，以后你就会发现赵子霄不过是你遇到过的众多男生中的一个而已，而我英俊无比的临风哥才是你的白马王子！"

"还白马王子嘞。"林遥做了一个呕吐的表情。

"这次我不是跟你开玩笑的，我是真的喜欢你。"唐临风说。

"那你喜欢我什么？"

"全部，所有都喜欢！"

林遥笑笑："你喜欢的我不过是现在的我，而你可知，现在的我，却是为了赵子霄而造就。"

是的，没有遇到赵子霄以前的林遥，板寸头牛仔裤，大大咧咧，和男生称兄道弟，会翻墙逃课，为了义气打架滋事。而唐临风现在看到的林遥，蓄长发，穿棉裙，爱帆布鞋，说话轻声细语，不与人争执，一副好好小姐的样子。这些所有的所有，不过只是另一个周佳瑜。

"因为我爱他，所以努力去变成他爱的样子。但那只是为他，如果我还是以前的我，你确定还会对我说爱吗？"

唐临风愣在原地，他不知道的，原来她竟爱得如此深沉。他以为她迟早会回头看见自己，直到这一刻才终于醒悟，生命早就写好了剧本。

真正的爱，其实没有早一步与晚一步。

"可你们又不能在一起。"

"谁说爱他就一定要在一起呢。以前我不懂得，现在我明白了，看到他开心的样子，我也很幸福，虽然，他的幸福不是因为我。就像你说的，以后我会发现赵子霄不过是我遇到过的众多男生中的一个而已，可是我爱过他，用最美好的青春来爱过他，并且努力要与他在一起过。"林遥顿了顿，"这样，很久以后回想起来，我就没有遗憾了。既然我们不能在一起，那么作为爱他的人，我只愿他以后能过得很幸福很幸福。"

远处，一朵朵烟火绽放在墨蓝色的天空中，所有人都奔跑着欢呼着。

烟火虽美，转瞬即逝。

可是它们美过绽放过。

夜空被点亮过，夜空会记得。

花 火

去千叶的火车两日一列，下午四点出发，第三天清晨抵达。

沿途经过一望无垠的绿色梯田，也经过一段很长的隧道，之后一直是森林。树荫遮蔽太阳，零碎的日光漏进来，混合着车厢内笼罩着的奶白色灯光，暖暖的，一圈一圈漾着。眼下虽时值暑假，但车厢内稀稀疏疏坐着几个人，送餐饮的小推车好几小时才来一回。

穿过两个夜晚，机械的声音将静谧的时光拉回。列车门打开的瞬间，卷入清新而陌生的气流，那一刻便泫然欲泣。火车从身后继续前行，小春提着小小的行李箱站在千叶清晨的站台。

天色已明，灰色的站台一眼看到底。红色顶棚下挂着几盏壁灯，狭长的过道两旁是陈旧质朴的木质长椅，灯懒洋洋地亮着。小春按照指示箭头走向出口，检票闸口的工作人员是一位和蔼可亲的老爷爷，笑容爽朗，身体却相当瘦弱，以至于制服看起来像是挂在他身上。

"小姑娘是哪家的亲戚呀？"他问。

小春摇摇头，笑答来旅行，然后得到"很少有人来我们这里旅行呢"的答复。

千叶站——门口墨绿色的牌匾上端端正正地刻着这三个字。周围是陌生的气息，低矮的建筑和绿色的树，缝隙间隐约透着海的边缘。即使二十一岁也在做任性的事，可是……女生看着周围的景色，耳边传来叫她名字的声音。

"小春。"

那低沉温柔的嗓音，总是轻易击中她的心脏。

小春茫然无措地转身，身后只有空荡荡的晨光。

沿着灰白色的石子路一直向前走，前方不远处有一处住所。

房子是和镇上的其他木质建筑一样的和式风格，干净清爽。院门口有一棵很大的樱花树，花期已过，紫褐色的枝干上流淌着乳白色的树胶，像是透明的琥珀。有个约莫八九岁的小男孩正光着脚丫趴在那里用树枝划着泥土，不知道他在找什么，看起来很无聊，但小男孩的脸上却满是兴奋，鼻下拖着正在缓慢下垂的鼻涕，即将掉进嘴里时他猛吸了一下，鼻涕消失了。小春笑起来。小男孩注意到面前的陌生大姐姐。

"外婆！外婆！有客人！"

小男孩从地上跳起，兴奋地来牵小春的手。他穿的白色背心和小内裤被泥土搞得脏兮兮的，黝黑的小胳膊伸出来，在小春的白裙子上留下几处小手印。小春的心情豁然开朗，任他牵着往里走。

"小智，不许胡闹。"从屋里出来的老妇人歉疚地看着小春。

小春摸摸小男孩被汗打湿的小脑袋。小智吸吸鼻涕，冲外婆扮个鬼脸，躲在小春身后咧开嘴笑。老妇人也跟着笑起来。

受了那抹笑容的鼓励，小春迟疑着开口："请问……我能不能在这里借住几日？"

房间内只有简单的床铺和桌椅，蓝色的被褥折叠得很整齐。长长的麻花绳从房屋中间坠下来，白色的灯罩下是最原始的灯泡。像一根细细的藤蔓，尾巴上挂着一颗瓜。用架子支起的窗户外能清晰地看到蓝天大海。

未来的一周，会在这里度过。

放下行李回到客厅，阿婆去准备糖水，小春坐在茶几前打量周围。视线里是古朴的桌椅、茶几、柜台、电视、木制的落地窗户，再远一点，三双鞋摆放在玄关处，最小的一双歪歪斜斜，左脚那只翻了个底朝天。视线晃了一圈又一圈，最后忍不住停留在柜子上的照片上，隔了一定距离，内容看清一半，是阿婆和小智，还有一个少年。他的眉眼模糊在白色的镜面光线里。虽只看到轮廓，却已被温柔的气息包围。

小春双手撑着膝盖，直接上前太过唐突，只好忍下。倒是小智很机灵，指着照片问她："姐姐，你想看那个吗？"小春点点头。

"那你猜猜我的小名是什么，猜对了我就拿给你看。"小智神气地抱着脏兮兮的胳膊，洋洋得意地看着她。

"面包。"小春说。

小智一脸震惊，鼻涕也忘记吸，"嗖"地掉下来。他急忙伸手去抹，结果糊得到处都是，年纪虽小，倒也有了在女生面前出丑后的窘态，于是他双手捂脸大叫着"惨了惨了"冲去洗脸了。

"小智很调皮，让你见笑了。"端着糖水过来的阿婆微笑着说。

"小孩子嘛。"小春善解人意地回答。

"小春以前来过千叶吗？"

"没有哦。"

"那怎么知道小智的小名呢？"

想必是刚才听到了两人的对话，面对阿婆的疑问，小春说了谎："我们家有只猫叫面包……没想到能猜中呢。"为了转移话题，小春端起杯子低头喝了一口，唇齿间被香甜沁满："好好喝！"

"加了一些冰糖、雪梨和大枣之类的，夏天喝对身体好，喜欢的话就不要客气多喝一些。"阿婆笑盈盈地端起茶壶把小春的杯子加满，然后回头望了望柜子上那张照片，"以前我孙子也很爱喝，可惜……"

接下来的话小春比任何人都清楚。

——可惜以后他再也喝不到了。

难过细细密密地从心脏溢出来，小春仰头又喝完一杯糖水，冰凉香甜的液体在她的肚子里，还要再多喝一些才能代替你。阿光。

只是普通的海滨小镇，夏日午后的街道人迹稀少。

被小智拉着去甜品店吃了一份名叫"夏日狂欢"的超大冰激凌，又去游戏厅玩了半小时电动，甚至还去街边玩了扔一块钱硬币抓娃娃的机器，说是要给小春做导游，却一直都是小智精神奕奕地在玩。最后玩累的小男孩像初见时一样趴在沙滩上找起好玩的东西来，被阿婆叮嘱了很多遍要穿的凉鞋早已被远远甩到一边。

来之前对如何度过这几日隐隐不安，现在却手里提着两只小鞋子行走在千叶的海滩。太阳已沉下大半，蓝色的海面涌动着粼粼波光，是打碎的宝石，耀眼又漂亮。像你的眼，阿光。

茶褐色短发，瞳仁宛若黑宝石的眼。五官是少年特有的棱角分明但又呈现出柔和的线条，侧面是能融化人心的"宇宙第一温柔"，瘦、高、腿很长，一米五八的自己只能达到他胸前。这是阿光的样子。

这个世界上是有奇迹的。被琐碎的日常填满的大脑，苦闷和悲伤肆意蔓延的心脏，黑色的因素日趋占满自己的思维，无数个日日夜夜从睡梦中哭着惊醒。连自己的手机号也常常背不出来的迟钝大脑，无论什么时候想起阿光都如此清晰。

跨过拥挤的人群，他拉着自己跳上公车的瞬间，牵过的手的温度，熨进肌肤、融入血液，他当时低头微笑着说"不用谢"的表情……记忆穿过一条一条长廊，跳过黑板和桌椅，跳过操场和林荫小路，跳过流动的风和滴落的雨，抵达温柔的你。

和你有关的细枝末节，回忆起来全是爱慕。小春曾以为阿光是自己生命里一颗永恒的明亮的星，最后才知道只是一团耀眼的花火，很快就会消失。如果时光可以重回，一定不会错过你。一定。

　　在千叶的第五日，小春已渐渐习惯这里的生活。阿婆做的饭菜总是很香，每天被小智拖去玩到很累才回来，盖着被阳光晒过的被褥很好入眠。无论家里、镇上还是海滩，每一处都是阿光生活过的地方，也许某一刻他和自己踩过相同的土地、触摸过相同的树干、听过相同的海潮声……小春忍不住嘴角上扬。

　　带来的一点行李依旧搁在房间的角落，身上穿的宽大衬衫是阿婆从柜子里找出来的。小春没有问衣服是谁的。那几颗褐色的扁扁的小纽扣，在毕业前夕她曾计划过很多次去偷一颗。是在学校走廊意外撞倒阿光时顺手牵羊，还是在社团办公室趁他午憩偷偷摘掉一颗？……想过很多次。

　　很久以后想起来，那时的阿婆一直是笑着的，从未问过小春来千叶的缘由。或者说，她早已从女生的神情里看透了吧。

　　离别前一晚，赶上镇里的夏日祭，有露天电影和花火会。海滩上拉起巨大的架子和帷幕，前面放了很多小板凳。小春第一次见到这么多镇上的人，一路过来，很多人跟阿婆打招呼。小春遇到熟人，站台检票闸口的老爷爷，他换下了制服，摇着蒲扇在指导秩序。尽管头发已经花白，但总觉得他还可以活上好几十年。

尽管只有几日的接触，但无论是去吃冰、买菜、骑自行车，抑或是打游戏、散步、摘水果，小春一直都被千叶的人们善待着。"小姑娘二十一岁了呀，看不出来呢。""毕业旅行为什么要来我们这样的小地方？回去之后就工作了吗？""小春有没有男朋友，我家儿子可是很不错哦！"……渐渐地能和大家聊很多，独独来这里的缘由无法诉说。但完全能感受到那种纯朴的和善，就像吹来的清凉海风，让她有满满的舒心感。也因此明白了，只有这种地方，只有在这种地方长大的阿光，才会有那种发自内心的温柔笑容。

"阿光前年夏天还一起来看电影了呢。"有人遗憾地说。

"是啊。"阿婆笑着回答。

"真舍不得……"

那是他们唯一一次去登山，也是最后一次。一行六人，因大雪走散。

缠绕在周围遮挡视线的浓雾，草木的身姿是张牙舞爪的怪兽，白色的六角花瓣覆盖一切，深深浅浅的脚印踩踏出枯萎的褐色干草。裸露的皮肤被冰冷吞噬，以及……望不到尽头的眩晕。

"阿光……"

牢牢抓紧的两只手，却预示着分别。小碎石不断从他们身边跌落，跌入那无尽的深渊。冷，好像那无数日夜不停歇的雪，冷到骨子里，冷到绝望。

"阿光……不可以放手……"

小春满脸是泪。被树木和雪覆盖的深渊，没有任何可以让她将阿光拉上来的力量。手里握着的那棵手臂大小的树木也开始摇摇欲坠。

"好想再回去一次，阿婆做的糖水真的超好喝。"阿光仰望着她，脸上恢复了平静的表情，他侧了侧头，望着千叶的方向。

"我也很想见见呢，阿光长大的地方一定超好玩。"小春哭着说，"所以不要放手，我们将来一起去吧……我想和阿光一起去。"

"小春。"阿光笑起来，"已经够了哦。"

下一秒他松开手。

现在想来，或许当时的自己完全搞错了，说着鼓励他不能放弃的话语，站在对方的角度考虑，明知已像癌症患者到了不能维持的期限，哪有什么"等病好了"而言。如今的小春已然明白，对绝望的人说希望，是最残忍的事。

对不起，阿光，当时的我寄希望于奇迹，忘了你有多么舍不得，自以为是地将你推入更加痛苦的深渊。

小春很沮丧，跟着一群孩子疯玩的小智也累得趴在她腿上睡了过去。夏日祭提前回家。小智在小春背上睡得很香，过了一会儿他偏了偏头，口水就晃晃悠悠滴落在小春的衬衫上。小春无奈地笑了笑。

途中灯光暗淡，稍有近视的小春视线里模模糊糊，怕她摔着，阿婆牵着她走。年近七旬的老人的手，皮肤干燥粗糙，但小春被握紧在手心里的手，全是温暖。

最后一次的记忆排除，除开公车那次，小春从未和阿光牵过手。阿光的手指骨节分明、细长，非常漂亮。有几次小春去社团时，阿光在睡梦里，她是胆小的女生，坐在那里只敢细细看他的手。如果再勇敢一点牵起他的手……小春摇摇头，怎么可能。

把小智放到床上，小春陪阿婆在院子里纳凉。

天空是墨蓝色，黄色的星星一颗一颗，远处的海在月光下静谧地沉睡。小木桌上放着一排切好的西瓜，那是下午和小智去地里摘回来的，阿婆用冰水镇了一会儿，咬入口里沁沁凉凉的甜。

"小时候，阿光也常常像现在一样跟我在这里纳凉。他外公去世得早，阿光的父母孝顺，怕我寂寞，就把孩子送回来跟我一起生活，托他的福，我过得很快乐。"阿婆摇着蒲扇，慢悠悠地继续讲，"小春是为了阿光来千叶的吧？"

夏夜的蚊虫很多，小春蹲在地上用剪刀挑着蚊香，听到阿婆的话时顿了顿，然后继续手下的动作，嘴里轻轻回答了一句："嗯。"

小春喜欢上阿光，也许是看到他在学校里和流浪猫相处的样子。

干净爽朗的少年，每日都买猫粮去喂食，他坐在花坛边上，微笑着将食物分成一小块一小块去喂那只快要死去的猫。轻柔的动作和神情，让阳光都为之失色。但那只猫在几天以后还是死了，死亡最让人无望。

那以后的很多个午后，窗头的秃枝长出绿叶，远行的燕子归巢，只有阿光不再回来。耳朵里却是阿光的声音，脑海里也是阿光的微笑。小春愈加少言，常常一个人躺在家里。风吹开帘子，阳光探身而进，光亮熨帖着她薄薄的眼睑，刺眼得紧，躺在地板上的身体忍不住翻了翻。于是整个夏天开始倾斜。

她心里空落落地痛着。她知道，她是失去了，永远失去了，阿光。

然而此刻，在他长大的小镇，在他长大的家里，在他的家人身旁……静静吃着刚摘回来的西瓜的人，是自己。

很久以后想起来，阿光他大概知道小春一定会去千叶，在那个地方，所有伤痛都会被治愈。这是阿光的温柔。

阿婆拿出相册，里面有很多阿光小时候的照片。在海里游泳的阿光、在樱花树下腼腆笑着的阿光、在客厅里调皮倒挂的阿光、摸着刚剪完的头发苦着脸的阿光……那么多阿光。

"虽然要听话很多，不过还是很像呢，阿光和小智。"阿婆看着小春翻阅那些照片，脸上一如既往地温柔慈祥。

"阿婆。"小春靠着阿婆的肩膀，老人身上散发出岁月的味道，安详宁静，即使说着悲伤的事，难过的种子却似乎不能在她心里发芽抽条，那些翻涌的情感，好像天边被吹散的乌云，"阿公过世时你怎么熬过来的呢？如果也能做到像阿婆这样总是微笑就好了。"

阿光，一想起你，我的世界就是雨天。

"一起埋掉了。"阿婆说到这里笑起来说，"把以后一个人的孤寂和困难装进了老头子的骨灰盒里，负气地想你丢掉我一个人去过好日子了，那我也要好好生活下去。"

"哈！是这样？"

"还有时间……也放进骨灰盒里了。在一起虽只有短短七年，却很感谢他，以后的时间也想要一起度过，把时间也拜托给他带走了，所以我不觉得寂寞。"

"嗯。"

"不是所有的离别都要用眼泪说再见。我们每个人都不知道自己什么时候和这个世界告别，为了没有遗憾，所以一直微笑着面对，那么即使下一秒就不再见面了，留在彼此回忆里的也全是幸福的回忆。生命有时就像花火一样短暂，微小的光却能带给某些人幸福。像阿光那么温柔的孩子，这世界上一定有他觉得幸福的存在，也一定有因为他而幸福的存在，即使到了天上他也会温柔地看着我们，所以我们更应该好好生活下去，将来还会在另一个世界见面的……我这把年纪，也快了。"

"阿婆会活一百岁……不，两百岁……不，阿婆才不会死。"

"傻孩子。"阿婆怜爱地摸摸小春的头。

嘭——嘭——

远处的海滩传来欢笑的声音，无数朵烟火升入夜空，将

黑夜点亮。应该是电影结束了，花火会开始了。无数朵花火让黑夜变成白昼，是光的力量。小春依偎着阿婆，静静地看着那动人的景色。如果我们爱的人是花火，既然留不下，就永远记住那瞬间的美。是这样吧。

这就是你的千叶呢，阿光。我也会全部记下来。

笛声鸣起，小春提着箱子进入车厢。

"你以后还来吗？"难得穿着整齐的小智依旧吸着鼻涕，可怜巴巴地望着小春。

"嗯。"小春看看阿婆，笑着点点头。

明年来，后年还来，每年都来。阿光，我想我明白了你爱这里的理由。因为这里，有我们爱的人。

他们不是恋人，自始至终，她只是他众多暗恋者中最普通的一个。

那份感情像阿光，花一样美好，火一样短暂。她放弃了好不容易找到的工作，不顾家人劝阻，毅然只身来到他长大的海滨小镇。"将来一起去吧"，为了完成这个不算约定的约定，为了……找到能有他气息的地方，只为了这片刻的靠近，不惜所有。

她的生命因他的离去而进入一个长长的黑暗的隧道，

想念太美好，也太绝望。然而此刻小春终于明白，无论这条路多长，在另一头一定有一个明晃晃的晴天，樱花谢了还会再开，松软的海滩有潮湿的海风拂来，黑暗的夜空因光重回白昼。

他不经意的温柔是燃放在她心间的一小簇花火，随着他的离去，那一朵光亮却愈发美丽明亮，直到真正变成一颗星，挂在她的天空，永不坠落。

因为爱，短暂亦是永恒。

调皮的小智和慈祥的阿婆，宁静的千叶和香甜的糖水。

你不能再看到的、听到的、尝到的、感受到的……一切的一切，由我来帮你完成。

由我来帮你完成吧。

阿光。

与你告别悄无声息

1

"晴里。"

很久以后，那个温暖的声音依旧会出现在梦里。漫山的葵花开放，一寸一寸黄色的脉络，在暖暖的阳光下清晰得如水般浮动。然而收纳进视线，却如针线般牵扯住眼球，滋生出硬生生的疼痛在心间蔓延。

每次醒来，脸上总是沾满眼泪。静谧的夜就这样变得冗长，浑身上下似是淋了场大雨，几缕湿润的头发沾在额上，湿漉漉的。

黑暗里，视线在没有焦距地巡回。大街上的霓虹闪烁，一壁墙，一扇窗，分割出两个世界。即使看不见任何东西，也会觉得此时的眼睛在黑暗里显得特别明亮。

夜晚的风有气无力地拍打着窗子，偶尔闻得叶子坠地的声响。

——喂，林加彦，我还没有忘记你。

——你呢？

2

该怎么形容那个夏日呢？

午后的斑驳时光，在墨绿色的叶片间留下来过的痕迹。

纹理清晰，繁衍成荫的气势，不可阻挡地生长。

拖着行李箱的少年、被叮三嘱四的女生、惺忪的双眼、假期里弄得很奇怪的发型、折了角的作业本、空白着的练习册、久置不穿的校服……一些乱七八糟的东西就这样像放映影片一般在大脑中剪辑，记忆里出现微亮的光，似乎又在沉睡中度过了一整个暑期的时光。

晴里揉揉太阳穴，然后迈着有些疲惫的步子去教务处领新学期的花名册。在走廊上却被教导主任叫住。"又有新同学转来吗？"晴里跟在教导主任的身后，自顾地猜测着。

晴里的猜测很快便得到了证实，在办公室里，那个新同学正坐在沙发上随手翻阅着学校的新生手册，不张扬，浑身上下散发出一种吸引人的光晕，深邃的眸子里尽是沉稳。在主任的介绍下，他冲她友好地笑："你好。"

温和的气息袭来，晴里微微一怔，竟有一刻的恍惚。相比较起去年转来今年又转走的那个大胖子许广东，今年转来班上来的这个男生，应该会让班上的女生们欢呼雀跃了。

"林加彦。"

晴里站在讲台上向大家介绍新同学的名字。

很快，她介绍的声音淹没在台下涌起的欢呼里，晴里看到大家自动忽略掉自己的目光，无奈地叹口气。

3

晴里十七岁，读高二，在新园高中尚算小有名气。

成绩好，目光清冷，会写文章，老师交代的事认真做，和大家自然平等地相处，不会攀比也不计较。只是些微小事，却也让人觉得有属于自己的独特气场。

晴里永远不会像其他女生一样担心夏天出门是否会被晒出雀斑，一个月不去美发店是否会乱了发型，聚会的时候不加粉底是否会显得憔悴。永远不会费大力气去化妆，只是穿合身的衣服，干净得体地出现在合适的场合。没有惊艳的眼神，却也换来不少欣赏的笑意。

荷尔蒙旺盛的年纪，优秀的女生，长相尚可，自然也会吸引无数爱慕的眼球。向她表白的人却不多，尽是失败而归。她也羡慕过晚自修后悄悄牵手去操场散步的情侣，但晴里明白，对于此刻的自己而言，比起恋爱，还有更重要的事做。

也会遇上性格差的人，严野便是其中一个。他是文科二班的体育委员，成绩不错，偏偏不是安分的男生。打架斗殴，性格张扬，不可一世，却仍旧有大把大把的女生为他疯狂。

而晴里却眼也没眨就拒绝他的邀约。她忽略掉严野脸上红一阵白一阵的表情，头也不回地转身离开。在一堆围观者面前，严野原本认为的唾手可得就这样被轻易击碎，执意认为晴里是欲擒故纵，阻拦纠缠好几次，得到她冷冰冰的"你这样我很为难"的答复。

于是在晴里做完值日的一个晚上，几个男生在走廊上将她拦截了。

"你装什么清高？"

被围在中间的晴里沉默着，目光冷静镇定。偶尔低头看着自己的帆布鞋，是干净的白色，兴许是灯光的缘故，现在看起来却成了灰色，有点脏的样子。

腕表上的指针往前跳了一个刻度，晴里终于疑惑地看着他们："高三很闲吗？"

不是想象中的惊慌失措，晴里一副事不关己的从容反倒使男生们少了发挥的空间。大家无所适从的样子显得很无辜，有人恼羞成怒地扬起手恐吓她："你看不起我们成绩差的是不是？！"

晴里条件反射闭上眼睛，疼痛感却没有传来。

睁开眼时看到对方扬起的手在半空定格。

所有人都将目光转移到晴里身后。

"你们这样不太好吧？"

晴里身后的男生长腿一迈，伸手拉住晴里的手，将女生挡在自己身后。

晴里抬起头来，望着这个突然出现的男生。彼时，走廊上昏黄的灯光、男生温柔的侧脸、淡定的眼神、白色的衬衣、长廊上单薄的影子……就这样一一呈现在女生眼前，如此清晰。

忽然想到小美人鱼花园里的那尊漂亮的王子雕塑。

瞎想什么呢。晴里回过神。

"我们只是想和她谈谈。"为首的男生笑着搭上林加彦的肩膀。

"她似乎没有时间和你们聊天。"

"老师教过你多管闲事是个贬义词吗？"

"那你们试试看。"男生沉下声。

说出这句话的时候，连躲在身后的晴里也明显感到护在自己前面的这个男生身上突然散发出一种摄人的气魄，并不凶狠，却有力量。

不远处的走廊上，准备回家的教务主任正朝这边走过来。

高三被处分不是小事，几个男生一时陷入慌乱，表面却不甘心地死撑着站在原地。

林加彦趁机牵起晴里的手离开。走出一些距离后，晴里回头，看到教务主任正在训他们，大概是"这么晚还不回家""要高考了还一起玩什么"之类的，看到之前还凶巴巴的男生们垂着头的模样，不禁觉得好笑。

来到走廊的另一头，林加彦放开手。晴里依旧安安静静的，脸上漾着笑意。

"不害怕吗？"

"害怕的哦。"

"那为什么不逃走？"

"逃走不能解决问题。"晴里的笑容更深一些，"林加彦，今天谢谢你。"

或许是因为那抹微笑，隔了好一会儿，林加彦轻轻叫了她的名字："晴里。"

"嗯？"背对着光，女生看不清他脸上的表情。

"总觉得你像某种花……"林加彦想了想，自顾笑起来，"像向日葵。"

灿烂，独立，永远抬起头。

所有人都觉得你温和冷漠，他们却看不到你孤独的坚持和脆弱。

——不明白你往前走只是为了追逐光。

4

升入中学后，晴里独自来到这个陌生的城市上学。

很小的时候晴里和父母一起住在乡下，后来为了养家，父母去了广州工作。每月汇生活费过来，留下晴里一个人在这边生活。

晴里不喜欢与人过多地接触，闲时常常一个人躲在屋里写字。渐渐地，写故事成了她抚慰自己的唯一方式。自己的文字变成铅字已不再是什么新鲜的事情，加上成绩优异，渐渐收获一些光彩。

可是，又有几个人明白那些隐藏在文字背后的孤独？

一个人的大房子，又有几个女孩子忍受得了那份空洞的安静？

大家都觉得晴里温和冷淡，却又有几个人看得到那颗小心翼翼的心？

做好自己的事，不给人添麻烦。有些害羞，有些胆怯，十七岁的女生只是这样而已。

"你像向日葵。"

听到这句话时，晴里愣在那里。

有一瞬间想过的，伸出手去，拥抱站在面前的男生。

不是因为他好看的容颜、温柔的性格，又或者是优等生。

喜欢一个人不需要多余的理由，有时只需要一个瞬间。

5

同班同学，如果不刻意避讳，想要不熟络的概率有多少呢？

不过只是收发作业时女生添上一句"这次的题好难做哦"。

不过只是大扫除时，男生无意地说"我坐后面方使，到时给你先留上一把扫把"。

不过只是出板报时，女生说"听说你的字很好看，留一板给你写怎么样"。

不过只是放学回家时，男生说"原来顺路呢，好巧"。

晴里和林加彦变得熟络起来。

林加彦住在顺承街，晴里住在清桐路，一条街的距离。每次在顺承路口分手，晴里一个人慢慢穿过清桐路的巷子，左转，四楼，402号，开门，到了。

阳光温暖的午后，晴里喜欢坐在窗台边上望着天空中大团大团的云朵发呆，大多时候埋头写故事。听说她发表了很多文字，但拒绝给林加彦看。

"现在的太青涩，等以后我写得很好了再给你看好不好？"

"好。"

那时候他们常常说以后。

以后写很好的文章给你看。

以后去同一个城市念大学。

以后也要一直做朋友。

"以后"不是虚无缥缈的名词，而是我曾幻想过的，和你一起去往的未来。

6

7 月 24 日。

晴里踮起脚尖轻轻地撕去一张日历，这个用粗线条勾勒出的日期便赫然闯入了她的眼帘。手指摩挲着凹凸不平的字迹，眼睛漾起一丝笑意。十八岁了呢，好快。

给自己做了面条，还细心地放了一个鸡蛋在里面。一个人生活了几年，晴里做饭的手艺也不是没有进步。才吃几口，电话铃声突兀地响起，晴里吓了一跳，放下碗筷跑到客厅里接电话。

不用想也知道是妈妈打来的，说是汇了钱过来，让晴里去给自己买好吃的。

长长的线路阻隔，晴里握紧了话筒细听妈妈的声音，要说起来，好久都没听过妈妈的声音了呢，带着疲惫与沙哑，晴里心疼地去感受着那份遥远的温暖。

"要好好照顾自己。"晴里听出妈妈已经哽咽的声音。

因为是长途，所以没有过多地说话，电话那头很快传来忙音，晴里揉揉眼睛放下了话筒。

再也吃不下去了，晴里有点可惜地把没吃完的面条倒进水池里，低头的瞬间有涩涩的液体流下来，晴里很快用手将它们抹掉了。

开门的时候，竟看到林加彦。他手里提着精致的蛋糕，冲晴里温暖的笑。

"生日快乐。"

他带她去看葵花，去看那温暖的颜色。

晴里从未看到过如此多的葵花。一片连着一片，散了满山。夕阳的余晖洒下来，给那一抹抹明黄色平添了一份妩媚与哀伤。

晴里好奇地问："你怎么知道今天是我的生日？"

"想知道的事就能知道。"

"故弄玄虚。"

林加彦腼腆地笑起来。

记忆里时光停滞在那片葵花田里。

记得很清晰的一个细节是，男生用手轻轻盖住女生的眼，轻轻浅浅的风把他的声音吹入耳际："晴里，你看到温暖了吗？"

明明被遮挡了视线，却仿佛看见天空下，寂静的葵花在那一瞬间绽放，她们一朵一朵静静地打开花蕾，面对阳光露出温柔的笑脸。

他手心里的世界，很美。

而他手心里的温度，比阳光更暖。

——晴里，生命就像是乘车，每一站陪在我们身边的都会是不同的面孔。如果，我请求你给我一个位置，你会不会让我陪你一直走到终点？

后来林加彦也想过，如果那天对她说这句话，就好了。

7

秋天，学校组织旅行。

小时候和父母去田间的时光很美好，离开乡下后渐渐少了与大自然接触的机会。确定旅行时间后，晴里兴高采烈地和林加彦去超市采购，看着晴里恨不得买空货架的模样，林加彦伸手拉住她："我们不是要搬家哦。"

像新婚夫妇吗？

晴里脸烫起来，嘟囔着："要去三天呢，东西不够怎么办？"

"不是深山，听说附近也有便利店。"

"啊，这样。"晴里放下手才三秒，"长途车好几个小时，出汗的话，湿巾很重要吧？"

林加彦笑起来，接过她手里的商品放进推车："嗯，很重要。"

之后精挑细选，再把多余的东西退回货架，提着东西出来时天色已经暗下来。

步行回去的路上，望着男生提着袋子的背影，晴里双手背在身后，愉快地跟随着他的步伐："林加彦，和你一起逛超市总是很开心。"

——和你在一起，总是很开心。

秋游地点是清嘴山，出了城还有一段长长的路。

巴士上，由于前夜太过兴奋，晴里已经沉沉地睡着了。转弯的瞬间由于惯性左倾，怕她脑袋撞到车窗玻璃，林加彦伸手把晴里拉过来靠在自己肩上。

四辆巴士一路往前，窗外的景色变幻，车内被嬉笑声填满。

如果一直这样开下去，顺利到达目的地就好了。

可是出了意外。

晴里在一片嘈杂声中醒来，车子颠簸得厉害，有人尖叫，有人情绪激烈地哭泣，所有人脸上都带着恐慌，车窗外是急速变换的风景，突然醒悟过来似的，晴里的心顿时像被塞进了一个细细的瓶颈里，挣扎着不能呼吸。

回过头，看到正盯着自己的神色慌乱的林加彦。

"我们会死吗？"

读出晴里眼里的话，林加彦把她紧紧拥入怀里，没有人再来注意这过分的举动。

"我们会很安全。有我在，别怕。"

失控的巴士行驶速度越来越快，身体跟着东倒西歪，常常因为惯性太大而硬生生地撞到扶手或者玻璃上，可是已经感觉不出那些细微的疼痛了。明显听得到急速的车轮与地面的摩擦声，晴里甚至看到司机回过头来露出绝望的眼神，于是她闭上眼睛，眼泪汹涌而至。

紧接着是一阵头晕目眩的下坠："林加彦……"

"由于车子自身的老龄化，加上前一天在维修过程中工人的疏忽，刹车的零部件松懈，导致车行至清嘴路口时转弯不及时，车身坠于山坡之下，造成新园中学某班七死二十四伤的惨痛事故。"

医院大厅的电视屏幕里，主持人一脸沉痛地报道。

病房里的空气充斥着浓郁的消毒水味道。林加彦睁开眼睛时，头痛得厉害，母亲坐在病床边抹泪，看到儿子醒过来，立即欣喜得去叫医生。

等确认林加彦已经脱离危险期，母亲才终于松了一口气，紧绷了一周的神经终于松弛下来。双手合十，感激上苍。

"晴里呢？"林加彦问。

"加彦……乖，先养好病再说好吗？"

"她还好吗？"林加彦继续问。

"加彦……"

"她也是安全的吧？"

"你的那个同学好像伤得很重，听医生说大概是不行了吧……"

林加彦疯了般从病床上起来，拔掉点滴就要去找晴里。母亲急忙上前抱住他，满是心疼和惋惜地说："她已经不在这里了。前几天晚上她父母赶过来，说既然不行了，就带她回老家去了。"

林加彦浑身无力地跌坐在地。

8

完全陌生的南方小镇，本来对出游已经完全没有兴趣的林加彦被系里的朋友硬拉出来。

"都大三了，林加彦你还没和我们一起出游过！"

即使朋友们不停地埋怨，他的心也没有动摇半分，只是当他从朋友们口中听到熟悉的地名时，微微一怔，尘封的记忆轻轻地浮出了水面，心中不免又是一阵隐隐作痛。

那个小镇，好像是她跟自己提起过的家乡吧。

林加彦自恃方向感很强，却在一条叫作小北街的地方与朋友们走散了。行李背在朋友身上，手机和现金都放在里面，林加彦真有种哭笑不得的感觉。

想着找当地人询问去海丰宾馆的路怎么走，"哧——"的一声，抬眼望过去，一辆自行车在不远处停下了。

同龄人比较好说话，林加彦跟上去。

是个送外卖的女生，她正弯腰拾起掉在地上的东西。

注意到停在自己面前的阴影时，女生下意识地抬起头来。

虽然戴着口罩，但她那从额头一直拉下去的长长的伤疤赫然涌入林加彦的视线，乍一看像是一条蜈蚣爬在脸上。其他地方的皮肤也很粗糙，整个人看起来变了形似的。

女生抬手把口罩拉得更高一些，眼中有明显的尴尬和慌乱，让林加彦意识到自己的失态，他连忙说对不起，转移话题道出自己只是想问路的意图。

以为女生一定会生气地驰车而去，却不想她只是用小拇指将吊在额前的头发拂到耳后，然后微笑着给他指了指向左走再直走的手势。

是个哑巴么？

这么想着，林加彦愈发为自己刚才的失态而感到愧疚，可是这种事又怎么可能解释得清楚，不想耽误她太多的时间，真心地连说了好几句谢谢，然后朝着她所指的方向，大步大步地去找朋友们会合去了。

女生回过头来一直看着林加彦消失在小北街的尽头，似乎有沙子掉进眼睛，变得通红。过了好久，才回过神来拾起掉在地上的工作名牌，擦掉上面的灰尘重新挂回胸前，骑上自行车，左脚往后使劲一蹬，朝预订了外卖的顾客家赶去。

林加彦一时被伤疤吸引去了的目光，致使他永远也不会再看到那个名牌上赫然写着的名字：晴里。

梦与雪

我也想被一个人温柔地守护。

我也想被一个人长久地喜欢。

我也想，你就是那一个人。

1

时间跌进十二月，空气仅剩的热分子迅速被寒流卷走，铅黑色的苍穹下是茫茫雪原。无数的六角花朵从天空中簌簌落下，渐渐将世界原本的色彩覆盖，静悄悄转换成发亮的白。在这样寂静的夜晚，一列灰褐色的电车驶向远方。

电车内人很少，奶白色的灯光打在艾樱紧闭的眼皮上，被暖流充斥的车厢内，进入梦乡的女生睡颜沉稳而酣甜。

梦只做到一半，艾樱被剧烈的颠簸惊醒。蒙眬中似乎听到"嘭"的一声闷响，紧跟着自己的右脚趾传来阵阵剧痛。

什么情况——

艾樱睁开眼时，只看到她脚边骨碌碌滚过一只蓝色保龄球的影子。车厢内的电压不稳，灯光明明灭灭闪了好几下，车身还在晃动。完全混乱到搞不清楚状况，艾樱条件反射抓住旁边的事物稳住身体。脚趾传来的剧烈疼痛感让艾樱额上不停冒汗，广播里播报的内容也并未听清，随之手上的力度加重几分，当时的她并未察觉，自己的右手正抓着的是旁人的手臂。只知道痛！她清秀的脸皱成乱糟糟一团。

过了一会儿，电车终于停下来。

"对不起，对不起，你没事吧？"在颠簸中袋子不慎掉落在地的那位旅客看着面色苍白的艾樱一直鞠躬道歉，被吓得不轻。

艾樱疼得说不出话来，冲他摆了摆手。

"现在是临时停车，等下一站到了还是带你女朋友去医院检查下吧。"

女朋友？艾樱抬头，顺着那位旅客的目光看过去，停顿在她旁边的男生身上，这才注意到自己的手正紧紧抓着他的胳膊。被误解了。艾樱迅速放开手后脸红起来，又小声说了一句抱歉。

是"又"。

之前上车时迷迷糊糊地还撞到过他一次。

"没事吧？"他也看着她，低沉温和的声音。

嗯？艾樱从他的目光里并未发现关切的成分。

"脚。你试试看能不能动，不知是否伤到骨头。"

好像还可以，艾樱脱下鞋后发现只是有些红肿，应该并无大碍，疼痛也已过去大半，于是摇摇头。一再对那位担心过度的旅客解释自己没事，对方才总算离开。负责过头，现在这样的人越来越少。

电车重新启动。

"刚刚怎么了？"困意全无，艾樱揉了揉脚，慢吞吞地穿好袜子，之前因为脚痛，没注意听广播。

"一群山羊闯过运行线，广播里说给大家造成困扰很抱歉。"

"哦。"艾樱点点头，然后又迅速抬起头来，惊愕地看着男生，"山羊？市区里面怎么会出现山羊？"

"市区？这是到横垣的车。"

"等一下。"

艾樱这才抬起头去看电车上方的指示线路，从矢野到横垣，指示灯没有亮，想必出了故障。晚上接到朋友雅子的电

话后迷迷糊糊从家里跑出来，坐上方向完全相反的电车竟然也未有察觉。

"现在是哪一站？"艾樱站起身来，脚上又传来一阵剧痛，不过得尽快下车才可以。

"牧野站。再过三站便是横垣。"

"我睡了多久？"

"两个小时左右。

平安夜的生日聚会赶不上了。算了，那样热闹的气氛并不适合现在的自己吧，想到这里竟松了口气。艾樱重新坐回座位，伸出双手在玻璃窗上框出一小片范围，伸长脖子去看。横垣是乡间，车窗外熟悉的都市建筑果然早已不见，一望无际的农田被白雪覆盖，寂寞的电线杆在夜晚依旧突兀，在那些一闪而过的光线里，依稀能看到远一点的地方农舍的轮廓，还有远山。

"你也坐错方向了吗？"他漫不经心地询问。

艾樱回头，和男生的视线撞到一起。男生清晰分明的轮廓里，下颚到脖颈宛如漫画里勾勒出的动人线条。黑色的头发浓密柔软，少年的脸上没有表情，额前的短发搭下来，睫毛很长目光很冷，身上套着一件黑色外套，里面是深蓝色的 V 领毛衣，一条深棕色的皮绳露出一截，隐约能看到末端是一条鱼形吊坠，整个人散发出冷冽的气息，看起来有些不良——但漆黑的瞳仁宛若孩童，似乎从未说过谎的澄澈。

大雪在车窗外簌簌落下，一些贴在玻璃上缓慢融化，开起白茫茫的一片雾气，墨色的车窗倒影里，男生的侧脸安静而淡然。车厢内暖黄色的灯光让温度似乎更高一些。

不能更清晰地分辨出"也"字的含义。男生侧脸看过来时，艾樱心里一暖。在男生清淡的目光里，她微笑着点了点头。

2

横垣的车站空荡荡的，大厅已经关门，门卫室还亮着一盏灯。

艾樱一瘸一拐地走到窗口询问，得到"原本零点还有的最后一趟回城的车因为大雪的缘故停站"的回答，习惯性地摸了摸肩膀，顿时才惊觉过来，吓得全身冒出冷汗——包忘在电车上了。

在站台上徘徊时，又看到之前那个男生。他独自站在站台边，这才想起他和自己一样坐错方向，艾樱几乎怀着遇到亲人的激动心情走了过去。

"最后一趟车已经停了。"她说。

"嗯。"

过了好几秒才得到这样简简单单的一个字，从鼻腔里轻轻发出来，不轻不重地落在艾樱心上，原本饱满的想要诉苦的心情就这样被堵住，不知道接下来该说什么了。两个人就这样静静地杵在那里好一会儿。不能达成同是天涯沦落人的共识，艾樱向他借电话时说实话也并未抱多大期望，不过对方还算爽快地把手机递了过来。

白色的翻盖手机，看起来很新，型号未知。在几乎小学生也换成智能手机的年代，他却还在用这种停产多年的手机，看到待机屏幕竟然还是出厂设置的日历时，艾樱嘴角上扬，露出浅浅的笑意。看起来有些冷淡的不良少年，原来却是长情的人。

雅子的电话打通没人接，大概聚会还未结束。不抱期望地拨通了家里的电话，响了好几次，果然没人接。爸爸或者妈妈，谁都没有回家。

在完全陌生的地方，没有手机，丢了包，天还下着大雪……艾樱顿了顿，还是按下了那个熟悉的号码，这次很快被接起来。在悲哀无助的此刻，艾樱突然就感动得想哭。可惜一秒之后，她的感动和希望便再次被击碎了。

"喂。"电话那头传来的是一个女生的声音，周围很吵，大概也在举办派对之类的吧。

艾樱咬着唇说不出话。

"喂？"那边又问一遍，然后有风声灌进来，艾樱听到智的声音，"我的电话？"他问。"嗯，陌生号码，那边也没说话……"

"啪"，在智接过手机之前，艾樱慌忙挂断。

大笨蛋。早该料到了啊。

艾樱悻悻地把手机递回给主人，大概是她的样子太过落寞，男生终于主动问她："你打算怎么办？"

"不知道。"艾樱一副心灰意冷的表情，站在这里等一晚或者哭一晚，即使到了白天她也完全没辙，包丢了，她现在连回去的车票都买不起。

两个人在站台站了一会儿，雪越下越大，艾樱脚上的伤又开始疼得厉害。幸好后来被巡夜的大叔邀去了门卫室，感受到暖气的瞬间，全身被冻僵的细胞才一一复活，男生去要了一杯热水递给她，艾樱捧在手里，暖乎乎的白气流吹进眼睛里，忍了好久才勉强没流下眼泪。她一直垂着头，听大叔跟男生闲聊。

"平安夜小情侣都喜欢浪漫，不过可不要跑到这穷乡僻壤的乡下来啊，哈哈哈。"大叔很粗犷地笑着，没有恶意的淳朴。男生没否定也没辩解，只是问附近有没有旅店，得到"附近的旅店在重装，另一家距离这里半个小时的路程"的回答。

"走吧。"于是男生说。面对艾樱疑惑的目光，他面无表情地接着说，"我送你去旅店……脚没问题吧？"

"脚是没有问题……可是……"她没有钱。

"那就走。"

她只好笨手笨脚跟上去。

在深夜的乡间行走并不是浪漫的事，即使天空飘着雪。树木很少，山很远，路灯相距很长，雪积了很深，越往前走越艰难。两人保持着两三步的距离，一前一后"咯吱——咯吱——"地踩着雪向前走。深夜里跑到这么远的地方来，还和完全陌生的男生走在一起，实在太奇怪了。

"你为什么坐错方向？"

沉默的黑夜让艾樱害怕，所以想了半天找出话题，她太久没跟人讲话了，语言能力好像有些退化，对方却没有回答，她心上莫名一凛，急忙转身去求证他还在，结果不小心踩空，受伤的脚一扭，身体就失去了重心。被男生眼明手快地接住。那一刻距离好近，艾樱闻到他身上的味道，说不出具体是哪一种，像蓝天的感觉？总之很好闻。她悬起来的心又落回去。在对方的帮助下才稳住身体重新站好，先前的问题已经不再重要，她红着脸又道了一次歉。

"第三次。"他说。

"什么？"

"你一直在跟我说道歉的话。"

"哈？说起来……好像是呵。"艾樱笑笑。

然后发现男生的视线不在自己身上。

"那是？"男生望着她跌坐的地方旁边发出疑问，靠近一些后接着说，"是蛇蜕啊。"

——蛇？艾樱听到这个字眼后条件反射地跳出几步距离，脚毕竟不方便，不小心跌坐在地，然后才转身惊魂未定地跟着看过去。

被雪覆盖了一大半，只剩下零星草尖的地方，挂着一段二十多厘米长的像薄膜的物体，是白色，却又和雪不一样的白，似乎已经搁置在此很久，略显出浸染了尘埃的灰色。

"蛇蜕只是蛇褪下的皮而已，不用怕。"

"为什么？褪下皮之后蛇会死吗？"艾樱的好奇心被挑起。

"不会。蛇的表皮是一层完整的角质鳞片，蛇生长的时候，角质鳞片不会随着生长，另外蛇长年在地上滑行，表皮的磨损很严重，因此蛇每年春天要蜕皮，因为这时适于生长。只是蛇的新陈代谢而已，每蜕一次皮，它会长大一些，不蜕皮就表示它有病，会死。"男生第一次说这么多话，他回过头来看着女生，"蛇蜕是蛇生长的固定特性，会消耗体力会疼痛，但蜕完之后，它们将获得新生。和人的成长一样，告别过去，才能迎来新的自我，所以那些不需要的和不被需要的，全部告别就好了。"

艾樱目瞪口呆地望着他，不明白他说这些话的含义。

"还能继续走吗？"看到男生居高临下冲自己伸出手。

阴影里，男生清瘦的身体被包裹在黑色的连帽外套里，白色的雪发出些微光亮，他靠近过来拉起自己的手时，艾樱看到他低垂的眼眸深处一点一点闪耀着光，无比耀眼。

"走吧。"男生说。

——那些不需要的和不被需要的，全部告别就好了。艾樱想起那些藏在胸腔里让她难受了无数日夜的存在，压抑和怨恨不可能没有。但这些他看出来了吗？还是说……那些话他只是对自己说而已。

艾樱伸出手去。

男生的手心，是暖的。

之后几乎是被男生搀扶着才走到旅店，在前台付了账，上楼前艾樱非常踟蹰——房间只开了一间，虽然对方付钱，但毕竟是第一次见面的男女生。

事实证明她又多虑了。送她到房间后，男生把钥匙递过来，转身就要离开。

"我要走回去。"他望了望外面的天空。

不知道为什么，在那一刻，艾樱感受到了浓浓的悲伤。

"你没必要为了我……没必要为了我这样走回去，"艾樱红着脸往下说，"钱不够的话一起住一晚……也没关系。"

"我不是好人。"男生说着若有若无地扫了一眼女生的身体，"万一……"

果然还是不良少年的气息更浓一些，艾樱被那一眼吓得后退一步，马上又意识到对方只是故意吓唬自己。

"喂！"

"我是为了走回去才来。"似乎触动某个点，他又恢复到冷漠的表情，然后从口袋里掏出一些钱放在桌上，"等会儿用热毛巾敷敷脚，没有伤到骨头，休息一晚应该会好很多。到了明天你自己买车票回去。"

眼看他转身下了楼，艾樱突然反应过来，冲到屋内的窗台边，过了一会儿，男生从旅店出去的身影再次出现在视线里。

"喂！"艾樱趴在窗边叫住他，"我叫艾樱，你叫什么名字？"

男生抬头，木质的窗台传出暖黄色的光，雪簌簌落下来，被氤氲的光笼罩的女生看起来很像……那个人。

过了一会儿，艾樱几乎怀疑他是不是被冻死了的时候，才听到他的声音："叶瞬。"

"我该怎么把钱还给你？"

"不用还了。"

他转身继续向前走，雪花落在他黑色的头发和黑色的背影上，然后他消失在茫茫雪原里。明知坐错方向却跟自己一样坐到终点站，帮助她却又像个坏蛋一样吓唬她，有旅店不住却坚持在大半夜走回去。"我是为了走回去才来"，脑海里回想起他说的那句话。总之，这是个怪人。

洗完澡出来，用热毛巾敷在脚上，受伤部位的周围已经完全红肿了，也许是疼过了度，反倒感觉不到疼了。艾樱抬眼看了看窗外，天空还在继续飘着雪。

那个家伙该不会在中途被冻死吧。忍不住这样闷闷地想。

叶瞬。

瞬。

舌尖微卷，气流从下端往上，再脱口而出的，是他的名字。

即使很久以后，艾樱也一直记得。初次相遇时叶瞬冷冽的气息和漆黑的瞳仁，与目的地相反的电车驶向深夜，茫茫的雪原里氤氲着光，雪花簌簌落下来，比那更轻的是你的目光。时钟的指针一直旋转，冬天过去以后是春天，秋天之后迎来另一个冬天，有雪有风有寒冷，怎么忘得了。

3

那场雪连续下了一周，中午时稍微晴朗一阵，到了晚上又悠悠地接着落下来。矢野虽然每年冬天都会下雪，但持续这么长时间，天气预报里说几年未遇。

抱着练习册从办公室出来时，艾樱看到整个矢野中学都被白色包裹。树木也好，草坪也好，红色的琉璃瓦也好。只有古钟楼的指针一点一点向前走动。无法阻止的，唯有时间。

经过化学实验室，还是忍不住往里看。高三（五）班正在上课。容纳几十个人的实验室内，只需几秒，艾樱的目光便停顿在最后一排靠窗户的位置。燃烧的酒精灯前，那个弯着腰的背影，她闭上眼也能看清他的脸。可即使是这样的大白天，他也看不见自己。因为和他同一组的女生被刮伤了手指，此刻的他正忙于为她处理伤口。明明只是针眼大的伤口罢了，明明只是流出比一滴泪还小的血滴罢了。

你也看看我啊，我的脚受了伤，走路都不方便，为什么你不知道呢？艾樱在心里呐喊，可他听不见。

——为什么你不知道呢？

玻璃窗上覆盖着一层厚厚的水汽，白白的雾模糊了视线。女生的视线里是一片含混到失焦的颜色，像常常半夜会有的幽蓝色梦境，无边无际的空洞与孤独。窗户边的学生注意到她，疑惑的目光似乎问她找谁，艾樱勉强笑了笑，抱着练习册继续向前走。

12 月 28 日。

艾樱在心里决定和智分手的第四十八天。

优秀得有些冰冷的智，温柔时却让人捉摸不透。

和他在一起的时光里，艾樱曾觉得全世界的灯光都聚在自己身上，有成为公主的欢愉，可是男生隔着镜片的目光，游移到抓不着焦点。说着"我喜欢你"却从来记不得她的生日，约会总是她主动，分别时他会温柔地叮嘱"路上小心"，却因为线路不同从来都是在车站告别。艾樱的手机上他的号码是快捷键 1，而他的通讯录里却只有"艾樱"这样冷冰冰的名字。

在做完值日的傍晚，窗台上跳跃着橙色的夕阳，白色的纱窗在微风里轻轻摆动，黑板的右下角，她和他的名字靠在一起，于是她说："在一起吧！"他点点头。也是在做完值日的傍晚，和他已经不同班的黑板右下角再也不会出现他的名字，只剩下自己的名字孤单单留在那里，她趴在窗台边看着那个叫和子的女生佯装摔倒去挽住他的手臂，从此没有分开。

之后传闻像冷风不断灌入艾樱的耳朵。和子和智分组总是在一起，和子和智开始一起去食堂，和子和智一起去另一个城市比赛，和子和智一起做的研究课题获了奖，公告栏的红榜上他们的名字紧紧靠在一起。而这些，智从来不解释。渐渐的，艾樱失去了询问的勇气。只是一起去常常约会的甜品店时，望着智没有感情的侧脸，默默地，在心里一次又一次决定分手。

在一起的两年，回想起来是木栅栏里的蔷薇花园，粉嫩美好倒像是一场幻觉。

蔷薇有刺，一边美好，一边被扎得生疼。

细细小小的血珠在艾樱的心上一颗一颗冒了出来。

疼得多了，也就麻木了。

休息几天后，艾樱脚上的伤已恢复大半。先是青黑色，然后渐渐变成深紫，褐黄，浅黄，一层一层淡开，疼痛感早已停止，她却依旧以此为由赖在家里不去学校。即使守在空荡荡的家里很寂寞，明知谁都不会回来，还是哪里都不想去。

最后是被雅子轰出门来，这个神经大条的朋友没有什么出行规划，只是陪在自己身边，但仅此已让艾樱心里升起满满的暖意。两个女生在寒冬里跑去吃冰激凌，掏出钱包付账时看到夹层里放着的十元零五毛钱，艾樱心里动了动，那是上次瞬给自己的车票钱剩余下的，一直没花也不是什么特别的原因，说起来，如果不是脚趾的淤青和这些零钱，她大概以为那次相遇也只是自己的一场梦而已。

毕竟奇妙的遭遇和邂逅什么的，艾樱从未想过。

她只是留不住男朋友的傻瓜女生，以及找不回父母的寂寞小孩。

"你爸妈还没有回家？"在和智常去的那家叫作"Matsu"的甜品店里，雅子一边翻菜单一边问。

"嗯。"

"也难怪这次闹很大，你爸爸在外面的事确实过分。上次我们在大街上也看到了，那个女人年纪看起来居然和我们差不多大，真够过分的！"雅子冒冒失失地气愤着，注意到自己可能说过火了，才转移了话题，"小樱，你想好了吗？离婚的话，是跟爸爸还是妈妈？"

"谁都不跟。"反正现在也是一个人生活，已经习惯了，她的生活已经够糟糕了，所有人都离她远远的才好。

甜品店生意很好，服务员半天不过来，她们对着收银台那边看了看，决定等他们忙完自己过去。

"小樱。"雅子试探着问，"你和智这次真的分手了吗？"

"嗯。"

"那你还喜欢他吗？"

艾樱没有回答。

"请问你们需要点什么？"耳边传来熟悉的声音。

她抬头，看清对方的脸后愣住了。清晰分明的轮廓，清秀好看的眉目，冷淡的神色，以及漆黑的好像从来没有撒过谎的眼瞳……换上干净的黑色衬衣和深绿色围布，头发似乎也比上次剪短了一些，脖颈间还挂着那条鱼形吊坠，但不良的感觉比上次褪去大半，整个人显得更加清爽……是瞬。

对方却没有明显的表情变化，收走菜单后，望着他的背影，艾樱怀疑他是不是忘了自己。后来端上甜品时，自始至终他也没有多看艾樱一眼。

"那个服务员长得好帅。"已经忘记前一秒还在问的问题，雅子发起花痴来，觉察到艾樱的异样目光，于是不放过机会地八卦起来，"是小樱认识的人吗？"

"算……认识吧。"

艾樱将上次的事对雅子友讲了一遍。

雅子立即兴奋起来："这是超浪漫的奇遇噢！智什么的冰冷男不去管他，反正这么久以来小樱对他的感情也被消磨光了，忘记一段恋情的最好办法就是开始新的恋情，小樱快去把那个美少年追到手啊！"

说到这里雅子已经自作主张地下了决心，她拉着死党的手，目光热忱："总之，我会帮你！我们一起向着幸福 go，go，go！"

4

不用艾樱解释她和瞬只是平淡如水的关系，打听到瞬有关传闻的雅子自己先败下阵来。

叶瞬是东桥职业中学高中部高三（七）班的学生，而东职是出了名的小混混聚集的地方。

叶瞬是东职小混混的头目，打架斗殴是常态，曾经还进过警察局。

叶瞬是酒吧驻场乐队的主唱，乐队前不久因为个人原因解散。

叶瞬是交往过很多女朋友的花心鬼。

叶瞬的前前女友自杀过。

"虽然看起来很美好，结果越美好越危险这种话是真的。那么危险的男生不适合小樱，我们还是算了吧。"雅子趴在桌上，一脸挫败。

说到这里似乎是把男生从自己的世界里排除出去，事实上，对方却从未走近过。背后的各种议论，倒显得自作多情。不过艾樱明白雅子的好意，在学校里远远看到智和和子的身影时，她也有握着拳头告诉自己重新开始的决心。

周末，艾樱躺在床上睡得迷迷糊糊时，常年沉睡的电话突兀响起。屏幕上闪烁着"妈妈"这两个字时，女生以为自己置身梦境。

"已经没办法继续下去了""抱歉我实在不想再回到那个家""下个月大概会去办离婚手续，你考虑自己跟谁"，末尾又说了一句"你爸爸有公司，你选择跟他我也没意见"。

而昨天晚上爸爸回家取东西时说："女孩跟着妈妈生活会好一些，所以你选择跟她我也同意。"

——没意见。我也同意。其实是在说"你不要跟着我"。

表面上的尊重，自己却像只皮球一样被抛来抛去。

家人间的礼貌是海洋上的冰山，遥远得让人孤独。

从来没问过艾樱真正的想法，他们什么都不明白。

晚上饿得厉害，雅子周末要和男朋友约会，艾樱不便去打搅，一个人默默换好衣服出门，没有别的地方可去，晃晃悠悠就到了 Matsu 店外。一边埋怨自己没骨气，一边已经推开玻璃门。

点了多芒小丸子和糯米红豆沙，送甜品过来的是瞬。瞬一脸陌生的模样不管怎么看都很刺眼，自己果然那么没有存在感吗？"不好意思，糯米红豆沙要稍等一会儿，请先慢用多芒小丸子。"他说。"谢谢——"艾樱也闷闷地回答。此时店门被推开，门口的风铃叮叮当当响起，进来的是智，随后进来的是和了。艾樱不自觉低下头吃东西，却被和了抢先一步发现，然后两人朝她走过来。

可恶。

艾樱对面前出现的阴影埋怨了一句，然后抬头望着两人，露出才发现他们的惊讶微笑。

"你也在这里啊。"智这样说着，在她对面坐下来。和子也坐下来，在他旁边。

"这是我先发现的地方。"艾樱强压下心头的怨气。

"没别的意思。"智扶了扶眼镜，慢条斯理地把菜单递给和子点，然后看着艾樱说，"最近一直没见到你，发你短信也没回复，你在忙什么？"

两个月来也就发了三条短信而已。一条是"我的笔记本是在你那里吗？"一条是"笔记本找到了。"最后一条是"今天好像会下雪。"

根本无须她做回复。

他们的教室只是一个在走廊头，一个在走廊尾，见不到只是没想见而已。

"哪有你们忙？"艾樱盯着智的眼睛，"你们怎么会来这里？"

——我们约会的地方，为什么要带她来。

"和子说想吃甜品，做完功课后没事，就顺路一起过来了。"

——所以你们周末也整天在一起。

"下周有堂公开课，智要上去演讲，所以老师让我帮他准备而已，艾樱你不要误会啊。"和子这样解释。

艾樱不知道当时的自己为什么会笑起来，"已经没办法继续下去了"，耳边回想起妈妈在电话里说的那句话。是的，这糟糕混乱的生活，已经没办法继续下去了，她也是。

"插足的第三者也能这样道貌岸然地假装好人呢。"艾樱看着和子一字一顿，"真恶心。"

之后和子涨红脸双眼通红的模样，智沉下脸来生气的模样，两人转身离开甜品店的模样，艾樱已经懒得再去回想。她感觉到有一股东西在她心脏的最深处逐渐汇聚，像水龙头不断渗出的水滴，一点点聚集成磅礴的力量，会带来台风引来暴雨，席卷毁灭全世界的力量。她握紧了拳头，青色的血管从手背上凸出来，她闭上眼睛，拼尽力气想要把那黑暗的源头封印回去。

觉得很累。落地窗外灰蒙蒙的世界，很快就会进入黑夜。艾樱趴在桌上迷迷糊糊睡了过去。

她醒来时，被长相甜美的女服务生提醒甜品店已接近打烊。艾樱睡眼惺忪，揉了揉眼才瞧见墙上挂钟的指示针已落在 10 的地方。抬了抬胳膊，发现身上盖着一件黑色外套。

"这是……"艾樱摸着衣服疑惑地看着那个女服务生。

对方指了指正在柜台忙活的瞬，笑容里满是憧憬与羡慕。

瞬换好衣服走出店门时，看到在门口搓着手哈气的艾樱。

"谢谢了。"艾樱上前追着他的脚步，"横垣那次的事，还有今天的衣服……还以为你不记得我。"

"不要为了这种小事就跟着一个危险的男生。"瞬还是那种漫不经心的语调，"你那个朋友不是提醒过你吗？"

艾樱一脸"你怎么知道"的表情。

"她的一半情报是在甜品店收集的。"

雅子那个笨蛋——艾樱扶额。

"喂！你真让人搞不懂啊。"明明有很恐怖的传言，却总做着让人觉得温柔的事，一次两次三次……又始终一副拒人于千里之外的模样，完全搞不懂。但因为这样，反倒更想去了解。连自己也变得奇怪了。

"为什么要搞懂？"瞬继续着向前的脚步，因为红绿灯的缘故才不得已停下来，一路跟着的艾樱一头撞到他的后背上，他回头看了她一眼，还是那种冷冷的眼神，艾樱就有些想逃跑了。

"你不去追你男朋友，一直跟着我做什么？不怕我带你去奇怪的地方？"

"我早就把那个混蛋甩了。"艾樱挺了挺胸，似乎这样会有更多底气。

"是对方把你甩了吧？"

艾樱收回觉得他温柔的想法。明明是个毒舌的家伙。

瞬看着艾樱气鼓鼓地低头翻钱包，过了一会儿掏出一百元钱递给自己："上次借你的钱，还你！绝对不想再跟你有任何关系！哼！"

红灯还在倒计时。

面前车来车往，霓虹闪烁，附近的各种高级餐厅的落地窗上反射着彩色的光。艾樱生气地把钱塞到瞬的手里，转身就要跑，周围却突然变得杂乱，艾樱还没反应过来，就听到急刹的声音，然后整个人被一股突如其来的很大的力气抓了回去。她惊魂未定，公车司机在窗口骂了句"找死啊"，然后继续向前开走，周围的人都在看着自己。

"你搞什么啊。"瞬气喘吁吁，刚才把她抓回来耗费了不少力气，"失个恋而已，用得着寻死吗？"

——明明是被你气的！

艾樱呼吸平稳后想要挣脱他反驳几句，话却没有出口，浑身胀鼓鼓的气被戳破，明显感觉身上没了力气，软趴趴地窝在他怀里。瞬顺着她的目光看过去，对面那间意式西餐厅里，一个中年男人正将一块切好的牛排放进对面小女生的盘子里，小女生笑着起身在他脸上亲了一口。而那个男人的眉宇之间，和艾樱相似。加上此刻艾樱皱巴巴到快要哭出来的表情，一目了然了。

红灯跳成绿灯。

"要你管。"艾樱沉沉地说了一句，然后甩开他的手，先一步去了马路对面。

瞬望着餐厅内的两人，慢了几拍，然后才跟了上去。

之后去往车站的路上，两人隔着几步距离沉默着向前走。瞬看着艾樱的背影，见她抬手抹了抹脸，猜想她是否在哭。红色、绿色、黄色……旁边的霓虹灯亮出不同的颜色，积了雪的街道上熙熙攘攘地过往着陌生的人群。艾樱瘦弱的背影看起来格外寂寞。瞬想起有一次和另一个女生也曾这样走在回家的路上，当时女生也抬手抹着眼泪，他跟在后面看进眼里，却终究什么也没做。明明对方是为自己伤心，那些眼泪他当时没有去抹掉，以后便再也偿还不了那份情谊。想到这里，瞬加快脚步，上前和艾樱并肩走在一起。

"你前男友怎么样？"瞬的双手插进口袋里，不经意地问她。

"差劲！优柔寡断又对谁都漫不经心，我真怀疑所有女生在他眼里都是一个样。"被转移了注意力的艾樱像个小孩子，失落的表情果然迅速转换成生气，想起前一刻他带着和子离开的情景，更加怒气冲冲地说，"我也搞不懂自己怎么会喜欢他，除了长得帅点、头脑好点、有性格点，明明没有其他什么优点……算了，还没你高没你帅没你有性格……"

"那跟我交往怎么样？"

开什么玩笑。艾樱停住脚步，惊愕地看着他。

"其实我也失恋了。失恋是很不酷的事，所以我们都不要失恋比较好。"瞬说，"我们交往吧。"

不是询问也不是征求意见，似乎只是在陈述一件事实，是否能成真也不重要。还是那种漫不经心的口气，却是和智的漫不经心完全不同的感受。玩味的淡淡的笑，似是而非的、让人捉摸不透的眼神。霓虹闪烁着彩色的光，他低下头看着自己的脸一半勾勒进阴影里，另一半氤氲着温暖的绒光，落进眼眸深处，便凝了光驻了彩。艾樱慢掉一拍，脸热起来。

5

艾樱从来不否认自己对智的喜欢。

初中时暗恋他，高中升学仪式上惊愕地发现他站在自己班级的队伍里，忍不住上前去打招呼，自然地就以"老同学"

的熟人架势走在一起。后来报到，迟到的他也就自然地和自己成了同桌。和他正式在一起的那天晚上，艾樱激动地窝在被窝里笑了又哭、哭了又笑，就好像突然被幸运砸中的路人甲，顷刻间有了公主的光环。

但她是过度膨胀的热度计，智却是内敛到近乎没有感情的冰冷性格，所以回忆起来，两人在一起的时光，她几乎都是孤单一人，班级聚会上，女孩子们热情地讨论着自己的男朋友时，虽然享受着"拥有一个非常棒的男朋友"的光环，实际上并未有什么可值得炫耀的温柔情节。

仅有的一次，是元旦会演，她被派去学校仓库取道具，灯坏掉了，外面投来的那点稀薄的灯光根本不足以让夜盲症的她看清仓库的情景，慌乱地摸索中，箱子被连锁推倒了一堆，当时是智救了她。他牵着她走出去时，她觉得自己的人生明亮起来。他手心的温度，艾樱现在也深刻记得。

回忆里能让人眼眶灼热的事屈指可数，在那场恋爱里，艾樱一直都是一个人，一边满足一边孤单。时间长了也会疲惫，她觉得自己体内的某种物质被一点点消磨掉了。在破碎的缺少关爱的家庭里，她曾幻想过找到心爱的人，被一个人温柔地守护，被一个人长久地喜欢，去证明爱的存在。可是和智在一起时，她体会到的却是爱的无能为力。

直到遇见瞬。

是以那样轻浮的连告白都不算的方式开始，却在往后的日子里让艾樱体会到了什么是"被守护"。传言中被恶魔化的瞬，在现实里却超级温柔。

——虽然他是传言里东职小混混的头目，却剪了清爽的头发，穿着甜品店的工作服认真地工作。

——虽然，他常常一副不让人亲近的表情，但对于痴迷他的女生也一直说着"请慢用""对不起，马上就来""欢迎下次光临"之类的礼貌话。

——虽然看起来似乎的确有些不良少年的味道，也的确因为打架被学校遣回家闭门思过一个月（目前就是），但会借女生的笔记去看，明明也有想要认真学习的上进心啊。

——虽然很冷淡，但在下班后一定会送艾樱回家，看到她很冷时，会默默把她的手放进口袋里。

——虽然很毒舌地说一些不留情面的话，但每次跟艾樱讲话时，个子很高的他总会低下头来看着她。

——虽然他不会说什么甜言蜜语，但过马路时一定会牵着她的手，瞬的手心真的非常非常温暖。

总之，即使他沉下脸时让人畏惧，但艾樱眼里的瞬完全不可怕。起初很担心的雅子也渐渐放下心来，说瞬是百里挑一的男朋友。被很多女生觊觎的少年，和艾樱在一起时从来没有过脚踏几只船的传闻。

到了一月中旬，瞬结束学校的惩罚，重新回到东职上课，矢野中学的周五下午只上三节课便结束，艾樱去学校等他。远远看到一个女生和他站在一起时，瞬的表情和面对甜品店里的那些女生不尽相同，只是细微差别，但艾樱却清晰地捕捉到了。

因为有着那样轻浮的开始，艾樱的内心深处并未敢把瞬当作已有，只是担心地站在很远的地方。瞬看到她后，却径自走过来，第一次在并非过马路时也牵起她的手，耳边传来他轻轻的声音，"不要误会"，他居然对自己解释。

和智在一起时从未被如此对待，那一刻艾樱红了眼眶，温热的暖流寨寨窣窣地从心脏里冒出来，随着青色的脉络流经全身。

瞬还在甜品店上班，艾樱将晚自习的功课挪到店里做。雅子和男朋友闹了矛盾才和好，两人如胶似漆，没有时间陪她，但坐在甜品店的角落里喝着红豆汤的艾樱已经不会觉得寂寞。瞬在店里来来回回，看着他的身影，艾樱也忍不住嘴角上扬微笑起来。

有一天，爸爸的小女友出现在店里。艾樱正做完一套题，看窗外休息眼睛，然后看到那个穿得毛茸茸的女生走进来。第一次近距离看，齐刘海儿、琉璃灰色的眼，五官普普通通，身材瘦小得让人怜惜，这样看过去时只是普通的女中学生而已，完全看不出什么妖艳的感觉，倒是有些胆小地一直低着头。

瞬去请她点餐，看清她的脸后，瞬的脸色比任何时候都阴冷，艾樱看到女生吞吞吐吐地说了一通，等瞬转身时才抬眼看着他的背影，那样胆小的人，却做着分裂别人家庭的事。

世界含混不清，仅凭表面的判断什么也看不出来。好的还是坏的，喜欢自己的还是讨厌自己的，根本分不出来。

让别的服务生端了甜品过去，瞬和艾樱的视线碰到一起，瞬便绕路走了过来。

"你收拾好东西，我去请假，我们现在就走。"他说。

之前在马路边撞见的一切，原来他已知晓。艾樱点了点头。她的确不能保持理智地一直看着眼前那个女生。艾樱脑海里浮现出第一次在商场看到她挽着爸爸手臂的样子，浮现出在街边隔着玻璃看到她仰头亲吻爸爸脸颊的样子……很难过。

时间才八点。

天空又飘起小雪。它们小心翼翼地悄无声息地飘落下来，艾樱的头发、面庞、脖子、肩膀、蓝色呢大衣，全部成为盛放那些白色六角花朵的地方，美丽总是短暂，一会儿后花朵变成水滴，在艾樱裸露的皮肤上留下一小片凉凉的水渍。

车站人很多，排队刷卡后随着人群下了电梯，狭窄的空间内，呼出的二氧化碳让气温升高，那份暖意里带着陌生的味道涌入艾樱的身体。3号线人很多，两人站在站台等车，谁都没有说话。

"你家里一直都没有人吗？"瞬突然问。

"嗯。"艾樱轻声回答，然后仰起脸对着他笑笑，"我快忘记上次和爸妈一起吃饭是什么时候的事了。"

安静了一会儿，艾樱无聊地踢着脚下的一张碎纸屑，然后听到瞬的声音。

"那么，去我家吧。"

换乘了2号线，四站的样子停下来。跟随着瞬拐了几次弯，从闹市进入居民区。小区里的大婶直勾勾地看过来，艾樱就脸红的贴得他更紧一些。

倒是和传闻中不良少年的身份完全相符，杂乱的地下室里，堆放着小区里很多乱七八糟的物件，空间非常宽敞，墙壁上很多夸张的涂鸦，冬日的地面很潮湿，灰白色的墙壁上有很多石灰脱落的痕迹，墙角处有漏水的痕迹，陈旧的黄色像雨留下的一条条线索。很宽很长的桌面上乱七八糟地摆放着书和吉他之类的，还有一堆机器人玩具，艾樱想笑，不过视线移开一点，看到瞬的床，顿时又满脸通红。

瞬弯身拿开了椅子上堆放的衣服，腾出点空间让她坐。

"你常常带女生回来？"艾樱忍不住问。

瞬突然靠得很近，脸上满是邪气的笑："你想听我说你是第几个？"

"开……开什么玩笑。"太近了，吓得艾樱差点从椅子上掉下去。

"饿了吧，我去做饭。"瞬已经转过身去了。

可恶，每次都被他吓到。

用冰箱里仅有的食材做了意大利面，艾樱吃了一口，顿时闭上眼睛感叹太好吃，长得帅、有点坏、很温柔、还会做饭，完全就是偶像剧里的男主角，直接戳中艾樱心脏啊！有这样的男朋友真是赚大了！

"慢点吃啊你。"看着艾樱像小猫一样吃得到处都是，瞬又好气又好笑地找了餐巾纸递给她。

"太好吃了嘛，想不到瞬还会做饭啊！"

"想吃的话，以后随时都可以来。"

——因为知道你一个人，所以随时都可以来，我会做饭给你吃。

"嗯。"听到这句话，艾樱低下头，鼻尖酸涩得厉害，眼眶红通通的。

　　然后稍微多知道了一些，瞬也是一个人在外面生活，说是父母都不在了，具体原因艾樱没有多问，不想去戳他的伤口。

　　"说起来我们很像。"瞬在洗碗的时候说。

　　一个人长大、一个人生活、一个人面对所有一切，绝对很寂寞吧。如果是自己，会常常哭得说不出来话吧。瞬可比自己坚强多了。

　　水龙头哗啦啦流着水，瞬好看的手指擦着碗，不算亮的灯光打在他低垂的脸上，不知道为什么，艾樱就看不清他的脸，只觉得自己的脸上凉凉的一片，忍不住从背后环抱着他。

　　"瞬。"艾樱听到自己的声音带着颤抖的哭腔，"你会一直在我身边吧？"

　　感受到他瘦弱的身体僵直了一刻，他手下的动作却并未停止。

　　"嗯，如果你这样希望的话。"

　　全身都被泡在酸楚里，泪腺不受控制地崩溃。眼泪不停地往下掉，把瞬的后背打湿了好大一片。就是想哭啊，痛痛快快地哭上一场，等哭完了，世界会重新亮起来。去迎接崭新的属于未来的童话。

　　那时候的艾樱，还从未想过瞬为什么会突然提出交往的原因。

或者说，故意不去深想。

6

寒假来临前，矢野市几所学校共同举办的辩论赛在远景中学举办了决赛。期末考试已经过去，艾樱被担任学生会部长的雅子拉着一起去凑热闹，美其名曰矢野中学的亲卫队，做着一些端茶递水的跑腿工作。

比赛过程中，艾樱隐隐觉得有人看着自己，视线转了一圈，也没看到熟悉的人，以为自己多虑了。她站起身来递东西给同学后，重新坐回座位时，艾樱才注意到坐在她背后的女生有些面熟，对方已经移开视线继续关注着场上的活动。之后艾樱一直为想不起来耿耿于怀，比赛也看不进去，直到到了下半场，才恍然大悟——那是在东职门口和瞬站在一起的女生，好像在甜品店也碰到过两次。

艾樱并不关心比赛的结果，她站在礼堂门口等雅子时，那个女生正巧出来，两人视线相遇，对方迟疑了片刻，终于走了过来。

"我知道你，矢野中学高三（四）班的艾樱。"她说，"我是瞬的……（她停了一会儿）瞬的朋友，或者朋友也不算。"

"哦。"艾樱迟钝地点点头,隐约觉得没有那么简单。

"不要多想,我跟他只是在同一个地方打过工,不是你想的那种前男女友的关系。"女生走了几步,到了走廊上人少一点的地方,"你和瞬在交往是吧?"

艾樱点点头。

对方盯着自己看了好一会儿,艾樱有些莫名其妙。

"那个笨蛋过得很辛苦,看起来坏坏的,其实也不是什么坏人,负责过了头,把自己搞得一团糟。"女生咳了几下,"这些话我并没有资格说,只是实在看不下去了。不过过去的事已经过去了,你不用在意,以后可以和他好好在一起吗?"

艾樱蹙起眉头,不明白她是什么意思。

"那个人……如果你不说分手,他是不会离开的,所以以后,请和他好好在一起,不要放开他的手,让他幸福。"

"你们……"

"是报恩。他以前帮过我很多忙,我想如果是你的话,大概他会过得轻松一些。"女生继续说,"我和他什么关系都没有,千真万确。"

"弥亚,弥亚!这里这里!"走廊另一边一个很可爱的女生朝着这边挥手,两人似乎是朋友。

"我先走啦。"被叫作弥亚的奇怪女生转身向着朋友的方向走去。

当时的艾樱稀里糊涂，但一会儿后有了答案。

和雅子会合后一起出校门，在远景中学的门口，看到了瞬。他脸色很难看，而正拉着他手臂纠缠的女生……竟然是爸爸的小情人。艾樱觉得自己的心脏瞬间沉下去，恍恍惚惚，有入梦的错觉。

雅子凭着广阔的人脉稍微打听，真相的脉络便清晰起来。

——拉着瞬的手的女生是凌音，远景中学高二的学生。众所周知的另一个身份是，瞬的前女友。

——从好朋友的手里抢走瞬，没什么优点，不被女生喜欢，却是跟很多高人气男生有着千丝万缕关系的女生。

——真假不得而知，却是传说中自杀过的女主角。

——抛弃了瞬，又不愿真正放他走的女生……

——是瞬最喜欢的人。

于是，艾樱明白了他当初跟自己交往的原因，明白了他带自己回家做饭给自己吃的原因，明白了他对自己温柔的原因。才不是什么"失恋是很不酷的事，所以我们都不要失恋比较好"、才不是"我们很像"、才不是"如果你希望的话，那就一直在你身边"……通通都不是。他只是因为喜欢的人破坏了你的家庭，所以觉得亏欠你、可怜你、想要补偿你。

——偏偏这让你最心痛，却又心痛得不能有任何怨言。

——他是个大笨蛋，而你也是。

隔着远景中学大门的铁栅栏，艾樱觉得手脚失去力气，瞬的目光看过来时，她从里面看到的是满满的悲哀。可是她走不出去，没有勇气去推开正拉着他手臂的凌音，没有勇气和他再对视一眼。

很久以后回想起来，如果当时自己再多一点勇气，再多喜欢他一点，再多坚强一点，听从那个叫弥亚的女生的话，不放开他的手，冲出去帮他从凌音的纠缠里挣脱出来，也许一切就会是另一番模样。

可当时的她，只是站在那里，和瞬悲哀地对视，任晶莹的液体跌出通红的眼眶。

和智分手时，艾樱觉得世界变得很灰暗，失落到以为自己没有好的运气。而和瞬不再见面的日子里，却一次又一次在半夜流着眼泪醒来，心很痛，为自己，也为瞬。

艾樱只是心疼他，很长时间没有再见面，不是不愿，是不敢，大概一见面自己就会哭得停不下来。毕竟凌音不是和子，也不是那么简单的前女友的关系。

关于那天的事也未有谁主动提及。该如何说，谁也不知道。如何说都伤人。唯有躲着不见。仿佛不去戳破那一层透明的界限，时间久了再见面时一切就被掩盖过去了。

可世事往往是——你放开一次，就永远失去了。

寒假过去一半，父母的冷战还在继续。

艾樱从记事起，爸妈就没有一天不争吵过，为玄关的垫子放歪了吵，为洗手间的水龙头没关吵，为客厅里灯的瓦数太低吵，总之没有一件符合心意的事。爸爸离家出走前说，这个家就像地狱，而妈妈随手抄起铲子就砸了过去。他们俩闹的时候，艾樱觉得自己的存在像个笑话，既然那么讨厌对方，为什么要在一起，为什么要结婚，为什么要生下她？

原本说好的离婚依旧每次都会跟艾樱提起，只是单方面，两人却从来没有碰到过一起。艾樱觉得自己已经受够了。

妈妈隔天回家里取东西时，碎碎叨叨地又在她耳边埋怨起爸爸的种种不是。艾樱心灰意冷，也无力再去做任何劝阻。

"你们离婚吧，大家这样只是互相折磨。"

"离婚是迟早的事。"完全注意不到女儿的绝望，妈妈从橱柜里翻出几件大衣塞进箱子里，"他在外面有女人就算了，我知道他只是玩玩，但突然给我搞那么大个女儿回来，无论如何我也绝不妥协……小樱，你那是什么眼神？"

"妈妈，你刚刚什么意思？"艾樱头脑发热得一塌糊涂，"你是说那不是爸爸的小情人，是……私生女？"

"艾俊疼爱那个野种意味的不是分家产，钱我也不在乎，但那是真正的背叛，我绝对不允许！哎？小樱？"

女人眼前前一刻还在的艾樱，已经不见了，只听到客厅里传来门关上的声音。偌大的空间顿时沉寂下来。收拾好行李出门时，站在玄关处换鞋的女人不经意望了一眼家里。

红蓝相间的格子桌布拖了一半在地上，白色的餐盘碎裂成大大小小好几块，那张大家依偎在一起微笑的全家福也摔在地上，玻璃镜框从右下角的某个点开始，呈放射状地碎出一条条裂痕，案板上放着几只速食面的盒子，原本胡椒色的汤泛出黑色，几只苍蝇停下又飞走，久久盘旋在周围，脏的碗筷和喝光的啤酒罐东倒西歪地叠了很大一堆，厨房内没有拧紧的水龙头缓慢聚集着水滴落下来，整个房间里只有冰箱隔一会儿发出的"呜呜呜"的气流声，电视机的电源在黑暗的房间里持续亮着那一小点的红。

——小樱就是在这样的环境里生活了一天又一天么？

——还是那么大大咧咧的不会照顾自己。

——一点没长大。

女人突然就红了眼眶。

而此刻，连外套都忘记穿的艾樱在飘着雪的大街上奔跑。扑面而来的寒流、喧嚣的人群、心痛的感受……此刻全然被她抛在身后。跌跌撞撞地挤过车站内汹涌的人流，在 3 号线的电车内被挤得脚快离了地，直到气喘吁吁地推开甜品店的玻璃门，汹涌而入的风吹得门口的风铃叮当作响，正擦着杯子的瞬回过头来。

——所有被误解的事，全部想要告诉你。

"就为了说这些，大冷天不穿外套就跑过来？"瞬端来一杯热气腾腾的奶茶放到艾樱面前，然后盯着她，"先喝一口驱寒。"

"好烫。"刚沾到嘴唇就被吓退回来，"瞬你故意整我！"

"有那么烫？"瞬径自端起来喝了一口，"哪有你说得那么夸张，快喝，我可不想日后被流着鼻涕的人埋怨。"

艾樱捧着奶茶乖乖地慢慢喝，刚刚瞬直接就喝下去了……真是的。

"你脸红什么？"他却一点不明白。

"间接接吻什么的，会让人血液沸腾的啊。"支支吾吾半天，她才小声说了出来。

结果脑袋上吃了一颗"爆炒栗子"。

"既然如此，为什么还要跑来告诉我这些？"

——希望你幸福，希望你……回到喜欢的人身边。

这些话说不出口，艾樱闷闷地回答了一句："你管我？"

接下来的半天，瞬只是在甜品店里继续擦着杯子，或者

招呼客人。原以为他知道误会以后会跑去找凌音，毕竟……是他那么喜欢的人。此刻的他又在想什么呢？

艾樱傻乎乎地望着依然留在店里的他，心想这大概是最后一次如此看他，不禁又悲从心来。

直到瞬下了班，两人一起走出甜品店，瞬将自己的黑色外套穿在艾樱身上。艾樱想说你也会冷，才发现自己一个字也说不出来。在等待电车的时间，望着3号线对面矢野通往横垣的电车，瞬才终于开口说："你知道我那天为什么去又为什么走回来吗？"

艾樱摇了摇头。

"凌音那个人，大概是从小寄宿在陌生家庭吃了很多苦的缘故，胆小自卑，渴望幸福又不满足，脑子不够聪明又常常要些小心机，惶惶恐恐的模样总是让人放心不下。"瞬苦笑，"横垣是我和她一起去过的地方，留下很多回忆的地方，那时候的我以为，去了再走回来，就可以与过去告别，从此不去想她。"

——做不到，是吗？

"和你在一起的时候，想着就这样简单地生活下去也可以，结果你还是放开了我的手。"

——因为我知道真正放不开的是你。

"谢谢你，和你在一起的时间虽然不长，却是这些日子以来我最轻松的时候。"

——所以，我们到了该说再见的时候。

"我有一个请求。"

"嗯。"

"接下来我们背对着离开，你坐 2 号线去找她，我坐 3 号线回家。谁都不要转身。而下次再见面的时候，一定要是微笑着的。"

"好。"

"小樱。"转身前他第一次这样叫她的名字，声音轻得让她快要流下泪来，"以后不要那么爱哭了。"

肩膀上传来他的温度，微微前倾，整个人便跌进他的怀抱。艾樱觉得体内的寒冷在那一刻被他的体温赶走，瞬的身体很单薄，伸长手轻松地环抱住他。他身上的味道她至今仍找不到合适的词形容，固执地认为那是蓝天的感觉，具体是什么感觉，并不需要去深究。他的怀抱好温暖，似乎以后的自己都不会再感觉到寒冷。

她清晰地感受到自己的沉溺，在告别的最后。

比任何人都清楚他的内心，所以不得不放手。

背对着转身，一步一步向前，绝对不要回头。

瞬进了 2 号线的车厢，转身的瞬间才发现艾樱一直保持着最初的姿势双眼含泪地凝望自己，他心里一动，想要跳下车来，电车门却在那一瞬间关上。艾樱朝他喊着什么，他已经听不清，被风吹散了。

电车"呼啦啦"地向前行驶。

7

独自出门的某一天，同样站在三号线的站台。对面的电车进站，那一刻艾樱毫不迟疑地跳上了矢野——横垣的电车。没有山羊突然闯过运行线，没有电压不稳，没有突如其来的保龄球砸伤自己的脚，电车行驶在安静的旷野，窗外的雪原在视界里一闪而过。

之后沿着运行线深一脚浅一脚地往回城的方向走。

你所经过的地方，这次换我来告别。

又想起在和瞬去往旅店的途中，两人遇见的那段蛇蜕。

是蛇蜕，是告别。

现在想来，最初的相遇竟是悲伤隐喻的开始。

未来我会变得更独立更自由，此刻还没有。

未来我会被很多人喜欢，此刻还没有。

未来我会忘记你，此刻还没有。

但我知道，此刻还没有的一切，未来一定会有。

我们第一次见面时在雪地里发现的那一段不完整的蛇蜕，薄薄的透出灰色的白。曾几何时，它曾依附于没有四肢的躯体，被砂石磨砺、被草木梭割，它没有温度，冰冷的不会让血液沸腾，却始终温柔地守护着蛇的身体，漫长地、不动声色地陪伴它成长过一段又一段时光。它曾是让人胆战心惊的存在，现在却被身体抛弃，被新生的外壳替代，于是剥落下来，寂寞冷清地留在那里，慢慢被冰冷的白雪覆盖。

因为知晓如此，于是很久以后又一次遇见它的刹那，它躺在枯萎的草丛里，依旧孤寂冷清，像那些伤心的往事凝固在一起，艾樱的内心不能有更多体会，所以才会在那一瞬间，捂住嘴，再一次无比伤心地大哭起来。

告别总是让人神伤的事，可你亦明白，那是成长必经的痛。只是一次成长罢了。

因为有告别，才会有新的相遇。

"艾樱？你父母很爱樱花么？"记忆里寡言的瞬在扶着自己向前走时，戏谑地讲了个冷笑话。

"爱樱花……还爱樱井翔呢。"说完这句后，当时的艾樱破涕为笑。

如今行走在相同的地点，身边却少了那个人。

天空飘着小雪。它们小心翼翼地悄无声息地飘落下来，艾樱的头发、面庞、脖子、肩膀、蓝色呢大衣，全部成为盛放那些白色六角花朵的地方，美丽总是短暂，一会儿花朵变成水滴，在她裸露的皮肤上留下一小片凉凉的水渍。

在曾经遇见你的茫茫雪原，视线拉远，艾樱瘦弱的身躯变成微小的点。

消失不见。

——告别是重新相遇的开始。

瞬，将来有一天，如果你累了倦了放弃了，我会在这里等你回来。

就好像那句被风吹散的话，即使你没听到，我也会永远记得。

"一定等你回来。"

破碎之爱

1

她心里囚着一只鸦。

羽毛闪烁着紫蓝色金属光泽，翅膀远远长于尾巴，纯黑色的腿和脚，以及坚硬冰冷的嘴。它的眼睛被羽毛覆盖，她看不到。

她试图去看清它的眼，小心翼翼地弯下身去，就在她视线探过去的瞬间，它突然抬起头来，她看不到它的眼睛，却清晰地感受到了那抹幽怨的目光。它张开坚硬冰冷的嘴，发出沙哑刺耳的声音。

"栗原、栗原……栗原呐……"

它叫着她的名字。

她全身的毛孔都在那一刻缩紧，滚烫的气流不断从身体内往外渗。她磕磕绊绊地转身逃走，却怎么也跑不出那沙哑的呼唤和幽怨的视线……

栗原尖叫着从梦里逃出来。

床铺很柔软，栗原习惯性地伸手去摸左边，不出意外摸到了一片空旷冰凉。于是她知道昨天万里学长也没回家。他太忙，那是没办法的事。忙碌是这个世界的标签，所有人都上了发条般不知疲倦地运转，像栗原这样清闲的人才是异类。

栗原捂住自己的胸口，那里此起彼伏。不是梦，她的心里的确囚着一只鸦，从她来到这个世界的那天起，那只鸦就以不知名的方式钻入她的体内，为难她，折磨她，让她不能变成和这个世界上大多数人一样的人。她什么也做不到，无能让她变成怪物。于是她也只能像只鸦一样，被囚禁在这 28 楼的房间内，早晨看着万里学长出门，再花一天或者很多天的时间去等他回来。

这时客厅里那始终沉寂的电话突兀地响起。

那只电话从她来到这个世界的那天起，至今只响起过三次，所以听到铃声的栗原并未反应过来，误以为是临近圣诞哪里播放的音乐。直到胖乎乎的小和把电话送到床边，栗原才忙不迭地接了起来。接触到小和柔软皮肤的瞬间，栗原情不自禁地说了一句"谢谢"。

明知不可能得到回应，却总忘记小和只是机器人，习惯性地去跟它说话。

因为栗原笨手笨脚到连这个世界的厨具也不会使用，所以万里学长制造了小和放在家里。小和除了体型偏大，其他构造和人类无异。整天没事做的栗原还给小和缝制了几套衣服，万里学长的评价是"多此一举"，栗原当时嘴硬地说明明很漂亮，但其实后来有几次半夜起床喝水时看到客厅里的小和，栗原被吓得不轻。

只躺在床上时栗原觉察不到世界的变化，但每次在看到小和的瞬间，栗原会彻底回到现在身处的世界。

2012 年绝对不会有小和。

没错，现在是公元 2180 年。

2180 年。意识到这点的瞬间，栗原心里好像有块地方沉了下去。

然后心中住着的那只鸦，果然又投来冰凉的目光。

即使不是梦里，在那黑色的、没有光亮的狭小空间中，她也能感知到它的存在。是的，它就在那里。羽毛依旧将眼睛覆盖，但她能感受到它的目光。

似乎又听到它沙哑地呼唤着她的名字。

"栗原、栗原……栗原呐……"

"栗原，你在听吗？"电话那头传来询问的声音。

"哦，在听的。"栗原回过神来，急忙按下可视按钮，等待不过一秒，眼前便出现了模拟的显示屏，穿着白色研究服的男人出现在她眼前。从后面的背景可以知道他正在研究室，几天不见，他脸上似有倦意，研究服里面的黑色衬衫解开了一颗纽扣，但眼神依旧很深。

果然，他叫自己去研究室。电话接通时就该想到了。

栗原清了清嗓子，想问这次是做什么，就听到他磁性的嗓音继续说："那我派人来接你。"

她还没来得及应答，那边已经挂线。显示屏消失，眼前的人也消失不见。

栗原抿了抿唇，将手袖上的纽扣握得更紧一些，温柔地补充了一句："好的，万里学长。"

2

栗原起床洗漱，凉水让她清醒过来。看着镜子里湿漉漉的没有光泽的女人，栗原不自觉地抬手摸了摸自己的左脸。每次面对镜子她都条件反射地摸摸自己的左脸，很久以前那里有一块很大的黑色的疤，她羞于见人，在别人的视线里总忍不住想要把自己的左脸掩盖起来，即使是镜子里自己的视线，她也会慌张。

人一旦在意自己的缺点，就时刻拥有着要命的羞耻感。

我现在是 21 岁还是 188 岁呢？她也会有这样的疑惑。一年前她能确定自己的年龄是 20 岁，但在那个深夜被万里学长带到这里，所以一年后的现在连年龄也不能确定了。时间变得不像时间，活着也不像活着。

很奇怪的感觉。

她不知道自己为什么会被带到这里，关于过去的记忆也有大段是空白的。她曾经问过，万里学长敷衍地说她的记忆可能丢失在时空隧道里了。

"你想找回来吗？"

"我……"

她不知道自己为什么会犹豫，但心里那只鸦却在同时扇动了翅膀，她感到钻心的疼。之后也就不再问起。

栗原换好衣服下楼，接她的车早已停在门口。

身穿黑色西装的司机表情还是那么冷，他打开车门，有礼貌地对栗原做出"请"的动作，尽管如此，并不能感受到丝毫温柔。车启动后上升到空中高速前行，红绿灯早已成为古董般的存在，车内的自动导航比人更能信赖，至少在栗原来到这里的一年里，从没听说过追尾或者撞车的事故发生。至于原因，栗原不懂，每次悬空而上的瞬间她总会害怕，不自觉地伸手抓紧座椅。司机从后视镜里看了她一眼，栗原尴尬得满脸通红。

一路上没有人说话，栗原将视线转向窗外，那些高耸入云的大楼和悬浮在半空疾驰而过的汽车显得如此不真实，她曾以为这些只存在于科幻小说。

去研究所需要一段时间，安静的车内气氛沉闷，栗原只好专心看电视，然后栗原看到了万里学长。是关于一种新技术开始成功投入使用的新闻，发布会上的万里学长英气逼人，不断获得掌声，那些晦涩难懂的专业词汇栗原根本听不懂，大概是说利用转基因的技术将某植物寄生在动物体内，再利用自身合成生出养分，改变其原来的属性以达到实验效果的案例。

一年以前，确切来说应该是 2012 年，栗原在学校的实验花园拾到了万里学长遗落的东西。那是一只拳头大小的圆底烧瓶，里面装着的白色液体一直在沸腾，周围没有人，栗原小心翼翼地将那只瓶子捡了起来。瓶内虽然在沸腾，瓶身却不烫，栗原一时好奇细看，却听到身后传来生气的声音说："别动它！"

她受了惊吓，一时手软便将瓶子摔了个粉碎。白色气体顿时蔓延开来，她只觉得燥热，然后浑身发软，晕倒过去的瞬间她看到了一张清秀的脸。因为她摔碎了他的瓶子，害得正试验穿越时空的他不能回到未来，只好留在那里很长一段时间，而这些，当时的她并不知晓，误以为只是邂逅了外表好看的学长。

从来没想过他来自未来，更没想过他年纪轻轻就如此厉害。

他就像只存在于实验花园里的魔术师，帮助栗原完成了各种课题，并且用很短的时间就培育出教授研究了一辈子的新物种。当然，回到他所在的世界后，栗原才明白当时的惊讶实在太过小儿科。在高科技与信息化的2180年，"魔术师"有太多太多，尽管如此，万里学长也是那些"魔术师"中很厉害的一个，他和他的同事们不停地为这个世界带来新的惊喜。

但栗原留恋2012年的万里学长。不如现在这样闪闪发光，但那却是栗原所见过的最温柔的万里学长，来到他的世界后，他总是埋头实验研究，眼睛里是不变的深沉的光，脸上偶尔才有的笑容也不过公式一样生硬罢了。

"栗原小姐真是命好。"显然司机也注意到了新闻，他突然开口说道。

栗原愣了一下，她实在没想到司机会在这时候跟自己搭话。

司机虽然年长，却从心里崇拜万里学长，栗原知道那是因为他的眼睛是万里学长挽救回来的。他也曾是那些魔术师中的一个，在某次实验失败的同时也失去了双眼，虽说在2180 年移植眼角膜不再是什么了不得的事情，但万里学长研究的一种电子芯片将他近乎毁灭的眼睛完全恢复过来，并且很快把他那个失败的实验也攻克下来。所以比起眼睛，实验的成功才是决定因素吧。

不过那句"命好"所含的是褒义还是贬义，栗原也自然没办法从他生硬的语气里分析出来。不过的确是命好吧，带过去的人来到未来，这是研究所绝不会认可的事情，栗原虽然笨，但也知道当时的万里学长一定承受了很多难以想象的压力。最后她作为研究课题被勉强留下。留在了她想也不敢想的万里学长身边，脸上那块黑色的疤也很快就被她的花园魔术师变没了。

明明一切都是好事，除了……她心里多了一只鸦。

没关系，她安慰自己。

她的魔术师一定很快就会让那只鸦消失，就像她脸上曾有过的疤一样。

3

研究所在远离城市的郊区，面积很大，覆盖了广阔的山土水源，这是万里学长他们近几年研究新项目所需要的环境，似乎是研究与水和气候有关的东西。进入研究领地的瞬间栗原就感受到了不同，虽然现在是 12 月，但这里的气候却像春天。人类如果能改变大气环境，不是改善，而是完全改变，那样的未来真是完全无法想象。

栗原第三次来到这里。第一次是她跟他来到这个世界的那天，但很快就被驱逐了出去。第二次是司机来接的，因为她脸上的疤离奇消失，而据说那块疤因为沾染到那只烧瓶里的气体不会那么轻易消失的，这让高层似乎有些兴趣。第三次，她伸手捂住自己的胸口，大概是为那只鸦而来的吧。不管怎样，她能见到万里学长，也算好事。

被人领进大厅时，有很多绿色的植物旁若无人地从她身边走过，栗原被吓了一跳，然后辨认出那大概就是之前在新闻里见过的东西。

"是绿藤子，它们只捕捉昆虫，不会危及人类。"

栗原抬头，看到了靠在走廊那头的万里学长。那一瞬间，她竟然以为看到的是 2012 年的万里学长，冷冷的，却带着淡淡的温度，她甚至捕捉到他嘴角稍微变化的微小弧度。

234

"万里学长。"

"我找到了你的记忆。"他说。

"记忆……"栗原慢掉一拍。

"跟我来。"他转身向着楼下的实验室走去。

放在玻璃内的是一块指甲大小的灰色晶体状的东西，似乎很硬，然后——很难看。

这是我丢失的记忆？栗原疑惑地看着它，忍不住皱起眉头。

"资料已经被我提取出来，现在需要回归体内，靠本体激活，才能生出可捕捉的声像。"万里学长右手的拇指与食指间是一小片透明的芯片，"你愿意吗？"

"捕捉记忆？"栗原敏感地抓到关键词汇。

"其实是为了染色分解原菌。"她的反应变快了，万里学长这次真的笑起来，"之前采集过你心脏里那块黑色物体的样本，研究分解后实验室这边并没有得出相关的任何讯息，所以我给它取了一个方便称呼的名称。我们曾尝试注入激素观察反应，但完全无效，事实上到现在为止它到底是细胞、原子或者某种病毒细菌，也完全搞不清楚。追本溯源，我想知道它是什么时候、以何种方式进入你体内的。"

"那不是病毒，只是一只鸦。"栗原捂住胸口。

"蔓延的形状确实很诡异。"万里学长说,"但栗原你必须清楚一点,它正在你的心脏里渐渐扩散,如果是病毒,你将会被它杀死。换言之,就算不是病毒,难道你不想知道它究竟是什么吗?"

栗原换好衣服躺进实验仪器,然后看着万里学长的助手们将几根大小不一的管子连接到她的头上。

"万里学长……"她不知道该如何讲述此刻莫名生出的恐慌心情。

"不会有事的,你放松些,跟着记忆的内容往回走就可以了。"万里学长在她耳边轻声引导,然后抬手将记忆芯片插入电脑。

"这样就可以知道那只鸦为什么存在了,是吗?"要开始前她再次确认,事实上她只是想多听一些万里学长的声音,这让她感到安稳。

"嗯,相信我。"万里学长没有辜负她的期待,甚至还温柔地握了握她的手。

"总该面对过去,就算是为了未来。"隐约听到他又补充了一句。

栗原慢慢闭上眼睛。

4

"栗原，栗原！"呼喊没得到回应，隔了一会儿音量又提高了些，"栗原！"

听到熟悉的声音时，栗原吓了一跳。

"哎！"

"哎！"

她忍不住答应一声，很快又捂住嘴。几乎同时，另一间房内也传来应答的声音。已经掉了大团大团漆的红色木门被推开，栗原看到另一个自己从房间里一边穿衣服一边跑出来。

那是 2012 年的 20 岁的栗原。

出现了另一个自己——

2180 年的栗原受到惊吓，本能地往后退，却感到有一只无形的手握着自己的手，那是万里学长的气息，这让她感到稍微安心。

"不用害怕，你只是以意识的形态回去，身体没有实在的形态，他们看不到你。"耳边传来万里学长的声音。

意识形态？客厅里的一面镜子，栗原侧头看了看，那里果然没有她的身影。她才放松下来。

"过来帮我下。" 母亲夏殊燕在隔壁房间里继续喊。

"来了来了。" 栗原一边应着一边走进房间，潮湿的空气里传来发霉的臭味，脚下似乎也湿湿软软，好像一不小心就会陷下去一块。虽然已经习惯那种味道，但今天似乎比往日要重好几倍，栗原不禁伸手摸了摸鼻子。

——潮湿、刺鼻，却是记忆里熟悉的味道。"我曾经就是生活在这样的环境里么？"意识形态的栗原愣了一下，胸口处此起彼伏。和她一样不安的，还有那只鸦。

"愣在那里干什么，过来帮我扶着你爸。"

"……哦。"

然后栗原看着2012年的自己赶紧跑了过去，顺着母亲之前的手势扶住了男人的肩膀。

在这间终年潮湿的房间内，在那张已经褪色的碎花大红床单上，躺着栗原的父亲栗恒远。医生说植物人是没有知觉的，但栗原不太相信，如果真的像植物一样，那为什么她已经躺在床上的父亲却突然白了头发呢。不单是头发，她看着他的身体渐渐干瘦下去，记忆里有着伟岸身材的父亲终究彻底不在了。

半年前，他从十楼高的建筑工地上不慎摔落，工地的老板只付了三个月的医疗费后扔来了两万块钱就蛮横地撒手不管，更别说赔偿。夏殊燕只是在工厂负责流水线的普通工人，栗原刚上大学，平日家里为数不多的积蓄都用在了栗原的学费上，眼下又是巨额的医疗费，家里被清得空空荡荡，还背了好几万的外债。

父亲好不容易捡回一条命，却变成了如今这副模样。

比父亲的干瘦表现得更明显的是母亲的衰老。她不得不扛起家里的所有重担，不善言辞的她还要同蛮横的老板纠缠，但对方财大气粗，背景深厚，无权无势的栗原家没有任何办法，尽管半年来一直死死纠缠，但都是被扫地出门的结局。

栗原看到母亲龟裂的手麻利地将毛巾用热水打湿、拧干，然后弓着腰替父亲擦身子，额前凌乱的头发垂在面前，没有血色的皮肤显得如此枯黄，她的眼睛则像沙漠里的井，早已干涸。

"冬天怕他冷，给他多盖了一床被子，这倒好，还捂出疮来了。要不是流脓很臭，我还没发现呢。"母亲絮絮叨叨地念着，她长得不算好看，脸上硬挤出的那抹笑就变得更加难看，"要是过去啊，你爸非得跳到房顶那么高不可，现在倒是安静了，难受也不能开口说……"

——即使只是意识形态，感受却丝毫未有减少。2180年的栗原觉得心脏被重重地戳了几刀，忍不住转过头去。

夏殊燕昨天晚班，刚回来便张罗着替栗恒远清洗身体，等收拾完已经是中午了。这些日子她累坏了，端水去倒时恍恍惚惚地在院子里绊了一跤。这事是中午栗原做饭时才听说的。她在公共水池边洗菜时，隔壁的王婶和李婶也在，栗原迟疑了一下，还是硬着头皮端着菜过去了。

李婶瞟了一眼栗原，然后假装热情地过来寒暄："哟，今天中午也吃水煮白菜啊。你们家还真是吃得清淡。"栗原"嗯"了一句，没有多说。倒是那两人瞅着机会在一旁聊起早上的事来。

"你妈可真是累坏了吧，平地也摔了个狗啃泥，害我们家那盆兰花无端端被压了个粉碎……"

"我妈她摔跤了？"栗原停下手里的动作。

"是啊，我看你妈最近也有点不正常了。"

王婶也凑过来："昨天你妈去张老板家要到钱了吗？"

"没有。"栗原闷闷地说。

张老板住在李婶家小超市附近，每次夏殊燕去讨钱她都围在一边没少看热闹。

"哪那么容易拿到钱，人家张老板又不是傻瓜……"王婶神神秘秘地靠近过来，"栗原你跟婶老实说，你是知道实情的吧？"

"什么？"

"你爸是自己喝醉酒还硬要去高楼操作然后摔下来的

吧？这事我们家王德全当时也在场看着的……"

"胡说！"夏殊燕愤怒的声音传来，"栗恒远从来不乱喝酒，那只是张老板推脱的借口……"

栗原转过身，看到母亲站在她们不远的地方。

"得了吧，这事大家都知道，做人啊还是要有点良心，别掉钱眼儿里什么钱都想赚，这世道大家都不容易，人家之前好心给了你们几万已经算是积德了，还缠着人家半年，要不要脸啊还……"

"胡说，栗恒远从来不乱喝酒……"夏殊燕口拙，每次去讨钱时也差不多就是这句。

栗原知道原因，这一带的店铺大多是张老板家的，不过是少收了一些租金，就把舆论完全改变了。人证物证俱在，就算去打官司，栗原家也没有胜算。

"妈，回屋吧。"她收拾好盆子，只想拉着母亲快点离开。

"就当为你们家栗原积点德吧，看好好的姑娘都变成什么样了，报应是真的有的哦。"王婶还在"好心"提醒。

听到"报应"时，栗原心底骤然收紧，但碍于母亲在场，所以按捺下去。夏殊燕更被刺激到了，性子温和老实的她突然转身大吼了一句："放屁！我们家栗原才不是……"

"哟，还长脾气了。"王婶挖苦地笑起来。

"大中午的吵什么啊，好好睡个午觉也不行！"听到声音，王德全从屋里恼火地出来，光着粗壮的膀子瞪着栗原母女。

栗原知道那是王德全怕自己媳妇吃亏，出来示威。

"妈，回屋吧。"栗原拉住母亲。

"这一家子真是……"身后继续传来王婶抱怨的声音。

5

下午学校有课，栗原骑车回去上课。

"天气凉又要骑车，把厚外套也穿上，小心别感冒。"夏殊燕送她出门时提醒。

"穿着的，连围巾也戴着呢。"栗原笑着把车取出来，把书包放进前面的篮子里，临走前又提醒母亲，"妈，饭我搁炉子上热着呢，等会儿记得吃。"

中午被那么一闹，夏殊燕气得午饭一口也没吃。栗原知道母亲的性子，心里着急却又不善言辞，很多东西都憋在心里，伤心难过也倒不出什么来，只知道自己偷偷抹泪。

"学费的事你再跟老师说说，让她宽限几天，我明天下午去找张老板，一定要到钱……"

"我会跟老师说的。"栗原看着母亲，"妈，实在不行就别去了。"

她想说其实她可以去打工。父亲确认变成植物人那天她就提过。"你爸一直最骄傲的就是你考上大学，你要是不去了，我就是死也没脸面对他啊……"就这样，她的提议被夏殊燕的眼泪逼退了回去。

"栗原呐……"夏殊燕望着女儿的脸，痛楚更深了，脸皱成干瘪瘪的一团。

"没事。"栗原笑了笑，虽然不知道能不能给她一些宽慰。

王婶口中的"报应"是栗原左脸上的那块面积庞大的疤。

从眉心一直蔓延到耳根，黑黢黢的一大块，颜色是深紫色偏黑，偏偏栗原遗传了夏殊燕的皮肤白皙，于是那团黑色在脸上愈发碍眼。这块丑陋的疤阻断了栗原结交朋友的路，小时候同学都怕她，胆子大的男生总是欺负她，给她取出"黑面獠牙怪兽"这样的骇人外号。长大点后到了更加注重外表的年龄，所有男生都不喜欢她，女生也总是躲得远远的，好像那块疤是会蔓延的病毒。栗原留长了头发，但再怎么遮挡也掩盖不了，还因为头发挡脸显得更加阴沉，她因而有了另一个"黑面贞子"的外号。

——是的，疤。即使是去往 2180 年的自己，丢失了很多记忆的自己，却记得脸上曾有过的疤。意识形态的栗原伸手摸了摸自己的脸，每当紧张时她总会低下头重复这样的动作。一个人做同一个动作久了，就变成了习惯。

现在，栗原的脸上已经干干净净，可 2012 年的她不是。她看着低头行走在校园里的自己低垂着脑袋，那道疤却依然在视线里如此清晰。真傻啊，即使头埋得再低，疤也不会消失的啊。此刻的栗原已知晓这个道理，更为过去的自己感到悲哀。同时也庆幸遇见了万里学长，才有了现在的自己。

"万里学长。"栗原喃喃道。

"怎么了？"耳边竟传来回复的声音。

"没事。"栗原微微一笑。

她知道他正看着她，这让她有勇气继续面对过去，无论狂风还是暴雨。

意识形态的栗原跟着过去的自己去了辅导员办公室。

放学后，栗原去办公室签延长学费的单子，在门口她深吸了口气，然后抬手敲了敲门。

"怎么又是你。"辅导员脸上挂着不悦的表情，签下延期单时忍不住埋怨，"扣除助学贷款后，要交的学杂费就两三千，其实可以先去借来交着，回家再跟你父母商量商量吧。这是最后一次延期了，现在已经是十二月，到了月底学校会清理学籍，到时还没有交学费的话，你今年的考试成绩就作废了。"

"嗯。"栗原轻声应着，然后退了出去。

栗原到清洁室领了工具，然后去学校的实验花园做打扫。这是她得到的勤工俭学工作，一学期下来也有好几百块钱。

Q大的生物科学是强势专业，为了让学生有更好的学习空间，学校投了大资金建设了这个实验花园。栗原的成绩不好，高中时学的也不是理科，但她对这些研究莫名憧憬，所以得到这样的工作她很开心。不过让她更开心的，是实验花园里的万里学长。

一个月前这个学长突然出现在花园里。她不小心打碎了万里学长的瓶子，当时以为会得到一顿狠狠的训斥，结果那个男生只是蹙了蹙眉，抱着晕倒后醒来的她问有没有事。他看着她的眼睛问的，丝毫没有在意她脸上的疤，之后还常常向她借用器材，也帮助她完成很多难以完成的艰难课题。他头脑好到出奇，生物科学留下的所有问题都难不倒他。他总是埋头研究着一些奇怪的东西，嘴里也常常冒出一些栗原从来没听过的词汇。

她以为他只是外表好看的学长，所以一直叫他万里学长，他也从来不否认。和他在一起的时间是栗原最轻松的时间，但也就到此为止，栗原从来不敢再多想。

虽然外表看起来冷冷的，却不像其他人一样躲着她，这已经让栗原觉得无比温柔。

万里学长对栗原脸上的疤毫不在意，有时反倒还好奇地看着遮遮掩掩的栗原。

"那是怎么来的？"有一天，应该是万里学长一直在研究的东西有了进展，所以他难得悠闲地问起。

万里学长的眼神很深沉。突然被他这样看着询问，栗原一时不知如何是好。

父亲栗恒远和母亲夏殊燕都是老实巴交的本分人，父亲家底子薄又不善言辞，直到三十岁才有人来说亲。好不容易才得来的机会，两人自然结合走到一起。隔年生下栗原，是乖巧的女儿，原以为会一辈子打光棍的栗恒远顿时喜气洋洋，人生好像就此才开始。在那个年代，三十一岁才有小孩，相当于老来得子，栗恒远将女儿视为掌上明珠，一得空便很快赶回家。在栗原幼年的记忆里，埋藏得最深最多的便是父亲宽厚的肩膀，他总是笑呵呵地将她高高托起，像举起了人生的太阳。父亲的肩膀，在她的记忆里是如此宽厚，与现在有着天壤之别。

事故发生在五岁那年。夏殊燕所在的工厂常常赶工加班，不愿让女儿孤独在家的栗恒远会在放学后将她接到工地上托人照看。其实哪算照看，临时作业亭里的女员工要么在工作，要么在煲电话粥，那天栗原看她涂了一个小时的指甲，总是涂坏，然后她用卫生纸擦掉再重新涂，一遍一遍不厌其烦，被花花绿绿的指甲油浸染的卫生纸在栗原脚边堆积，空气里透着一股劣质的油漆味。栗原跑了出去，她想看看爸爸，问他还有多久才能回家。然后遭遇了吊车事故，坠落的玻璃把她小小的身体压倒在地，她只听到玻璃碎裂的声音，模糊里还有栗恒远冲过来抱起自己的哭喊。

身体倒是几个月后就恢复了，但左脸被碎玻璃割了一大片，结痂后露出零零碎碎的疤痕。父亲很愧疚，将罪责全怪在自己身上，于是求各种方子来祛除女儿脸上的疤痕。谁知误信庸医，钱被骗去很多不说，栗原的脸还因为敷了那些奇怪的草药后发生溃烂，敷的面积多大溃烂的地方就有多大，恢复后变成了现在的样子。

"我爸之后更觉得对不起我，对我万般疼爱弥补，工作也更拼命，说攒够钱就带我去最好的整容医院。"栗原不知道为什么要把这些难堪讲给眼前的男生听，但她终于还是说了出来，全身好像轻松了很多，"从小到大他从来没骗过我，但这次他食言了，钱还没攒够他就永远躺床上了。"

"这种小问题很容易就解决了。"

"也不是那么容易吧？听说要割身上的皮肤进行植皮，

反正是很复杂的手术呢，而且面积这么大，也不一定能治好。况且……"栗原顿了顿，"现在也不是该想这些的时候，有钱的话我也要治好我爸。"

"植物人只是大脑皮层功能严重损害，受害者处于不可逆的深昏迷状态，丧失意识活动，这次出来匆忙，没带任何器具，不然很快就可以治好你爸。"万里学长不经意地说，"临时做也可以，稍微花些时间。"

万里学长的样子让栗原觉得轻松了很多，忍不住笑起来。

"在万里学长面前好像什么都很轻松似的，你是无所不知的宇宙人吗？"

"不是。"万里学长看着眼前的女生，半真半假的口气，"我是未来人。"

6

实验室里，第一颗绿色的指示灯亮起，意味着第一阶段的影像存储满格。

"休息下"——万里朝工作人员比了手势。那边点点头，在计算机上操作一通，栗原头上的管子卸去两根，过了一会儿，她睁开了惺忪的双眼。明明什么都没做，却感觉很累。万里递了一杯水给她。

"原来我是那样认识你的，万里学长。"她接过后喝了一小口。

他看着她疲惫的模样："等会还可以继续吗？"

"嗯。"栗原点点头。

重新躺回去时，万里提醒她："你只用跟着记忆走，不要多想。虽然是送意识形态到过去，但那和你的身体紧紧关联。这种实验我们已经进行过很多次，但你毕竟和我们不同，如果不能平稳进行，我也不知道会出现什么状况，你也可能会很危险。要照顾好自己！"

7

一阵眩晕之后，栗原又回到了 2012 年的熟悉的家里。

接下来的几日很平静，她看着过去的自己和母亲一起照顾着父亲，在那狭窄而潮湿的房间内，竟然体会到了消失在自己体内的久违的情感。它们像微热的溪流，汩汩流经她所有的血脉，带着暖意和甜馨，那是在科技发达、一切发展迅速的 2180 年，她鲜有的体会。过去的自己虽然过着苦涩的生活，却被亲情填充，她不明白自己为何会把这些弄丢，为何会把自己的父母弄丢。

直到几天以后。

那天中午，父亲的气色好了很多，意识形态的栗原看着2012年的自己坐在床边给他喂饭时甚至觉得他的手指动了动。2012年的栗原惊讶得满面是泪，那一刻她以为她的爸爸又要回来了，结果到了晚上他却面色苍白地休克过去。父亲被送进医院后，她们收到了病危通知，如果想要维持生命需要换昂贵的急救仪器。

那天晚上，夏殊燕发疯般地去敲张老板家的门，哭泣的呐喊声让人心碎，整条街的狗都被刺激得狂吠起来。在医院里照看父亲的栗原被气势汹汹找来的王婶叫了去。

"快去把你妈叫回去，那样闹着还让不让人做生意了，也实在让人笑话！"

栗原很快赶过去，挤过拥挤的人群，看到跌坐在地上号啕大哭的母亲夏殊燕，她的额头在不知道被谁推倒时撞出一道口子，鲜红的血流了一地，干涸后整张脸都是恐怖的猩红色。

"你们不能这样啊！"她只是这样喊着，"他就快死了，你们不能不负责啊！……呜呜呜……救救他吧，求求你们了……"

——不要这样对她！意识形态的栗原发出声音，可是没有人听到她的声音。除了万里学长。她情绪激动，调控器里的几盏灯很不稳定。

"栗原，你要冷静。"实验室里的万里在她耳边说。

眼看今天收不了场，张老板那体形臃肿的老婆打开门走了出来，将一叠人民币扔到夏殊燕面前，然后扯着嗓子喊起来："我们家老张心好，明知道你们撒泼耍赖也让我再给五千块，你们家栗恒远出事都怪他自己醉酒，当时可有人看着的！事后我们也给了几个月医药费，还给了整整两万块，我们已经仁至义尽了吧?！"

——不是这样的！意识形态的栗原看着流泪的母亲，冲着人群说。

"是啊，是啊。"周围传来的却只有附和的声音。

"你骗人！我们家老栗根本没有喝酒，是机械故障才摔下来的！"夏殊燕无措地哭喊起来，"我也听说了，意外保险有十几万，那可是我们家老栗的救命钱啊！"

"谁胡说八道呢！"张老板腆着大肚子走出来，吊着眼睛扫视了一圈人群，"谁说我们拿了十几万！我张青山缺那点钱吗?！要让我知道谁在背后胡说八道老子非剁了他不可！栗嫂，念着交情我还叫你一句嫂子，你也见好就收，别得寸进尺。"

——不是这样的啊！不要这样对待她！

"得了，都被这人把咱家欺负成什么样了，你还叫人家嫂子！"张家老婆轻推了张老板一把，然后提高嗓子继续说，"大家今天都看到了啊，也给我们做个证，钱我们是又给了，但这也是最后一次给了。以后这疯婆子再来找碴儿，我们可是要报警抓你去坐牢的！"

"你们不能这样啊！那可是我们家老栗的救命钱啊！"在对方嚣张的气焰下，夏殊燕只是哭着重复这一句。

——不要这样对她！

意识形态的栗原除了跟着哭之外什么也做不到，好在此时她看到另一个自己终于赶来，人群自动给她退出一条路。

"哟！大学生来了。"张家老婆看着栗原，"大学生要明事理是不？赶紧带你妈回家，她真是疯了！"

栗原全身的血液都在倒流，她看着怀里满脸是血的母亲，一句话也说不出来，她只是看着张家两口子。她不知道她当时的目光里汇聚了多少仇恨，她只知道，如果当时谁递给她一把刀，她会义无反顾地朝着两人捅过去。

被栗原赤裸裸的目光瞪得发毛的张家老婆觉得头皮发麻，不敢再多说下去。

周围的人指指点点，栗原不想听他们在说什么。她看了看母亲额头上的口子，已经被凝固的血掩盖了，她的眼泪大颗大颗砸下来，滚烫的，好像要把她的脸部灼伤。

"妈，起来。"栗原扶着瘫软的夏殊燕勉强站起来，"我们回家。"

"得！一个黑面獠牙，一个赤面獠牙，你们家我们惹不起还躲不起吗？！回去回去……"张家老婆说着便推着自己男人回了屋里，"嘭"地把大门关上了。

"那可是老栗的救命钱啊……呜呜呜……"不愿起来的夏殊燕无论哭得如何撕心裂肺，那扇关上的门也不会再为她打开了。

——你们不要这样对她！

意识形态的栗原想去扶起自己的母亲，可只是意识形态的她什么也做不到。她只能看着母亲满脸是血地瘫在地上，血和泪交缠，灰尘满身，绝望恸哭的母亲看起来像个小孩，栗原听到自己的心"嘭"地炸开的声音，她觉得自己快要破碎了！

意识和身体紧紧相连，实验室里的栗原浑身发抖，额头上沁出大颗大颗的汗和眼泪，她在哭。调控器里的几盏灯明明灭灭，电压也随之不稳。

"怎么回事？"万里蹙着眉头问助理。

"还不清楚，但是……"助理紧张地看着万里，显示屏上一片混乱。

"她的身体受不了意识的刺激，意识系统遭到破坏，马上停止意识导入。"

"停不下来……"助理的手快速操作，"她和我们体内的物质不尽相同，常规办法控制不了。"

捕捉记忆的显示屏还在继续，这样下去意识形态会遭到破坏——

"立即用 Aimnosba 系统插入计算机，强制取代捕捉记忆的系统，进入休眠模式。"万里从另一名助理手里接过磁盘，迅速操作起来。

8

栗原醒来时，看到白色的天花板，有软乎乎的手心摸了摸她的额头。

她看到那个胖乎乎的身体，是小和。

栗原觉得头很疼。

"你醒了。"坐在旁边的万里学长看着她说。

和子手上被安装了身体测量仪器，显示屏里显示女生体内一切正常。万里看了以后放下心来。

"万里学长，我怎么会在这里？记忆采集完了吗？"

"没有，中间出了故障，所以强制退出了。"

"我现在没事了，我们回实验室去吧。"

"栗原。"万里学长很认真地看着她，这让她明白他接下来要说的事情很重要，所以她也认真去听，"你是我从2012年违规带入未来的，虽然这一年来在做常规注射维护，上面曾提出用你的身体做完全实验，被我否决了，你的身体虽然比过去好了很多，但终究和我们不同，意识穿越形态中，有很多状况也是我无法预测的。之前你的意识系统遭到破坏，差点就不能回来，而且……可能你也感觉到了，你心脏里的染色分解原菌因为某种原因进一步扩大了范围。"

"我有感觉到自己心脏炸开的声音，快要破碎似的。"栗原疲惫得不能自已。

"因为无法保证之后是否还有故障发生，也不能保证是否还能安全退出，再加上你体内的变异遭受刺激，所以我很担心……记忆的事，你可以停下来。"

"万里学长，你是不是知道后面会有更糟糕的事？"栗原看着他问。

无法和她渴求的目光对视，万里点点头："是。"

"可是中途停止，研究会受到影响吧？"

"那不重要，而且采集已经完成一大半，只剩下一点点而已。"

"怎么会不重要？万里学长以研究为目的才能将我留在这里，如果不能继续，我就只是拖累万里学长的存在，我不要那样。"栗原捂住胸口，平缓了呼吸，继续说，"即使因为这样而死，我也毫无怨言。而且，我想知道我的过去。只剩下那一点点，也请让我自己去找回来。我跟你保证，我不会耽误实验的。万里学长，请你，帮帮我。"

——我不想再这样茫然地活下去。

三天以后，栗原再次去往研究所，和万里学长一起。为了保证可以顺利进行，这次的实验器材比上次多了很多，栗原不知道那些奇形怪状的东西到底是什么，可是她相信她的万里学长。

"如果觉得承受不了，就乖乖听我的话抛弃过去回到这里。"万里同上次一样，握着她的手说，"过去的一切都不能改变，你只需要看。为了让你的承受能力可以支撑到完结，这次我会加快捕捉的节奏。"

"嗯。"栗原点了点头。

9

五千块钱换不回父亲的命，只换来栗原半学期的学费。

父亲终究还是很快走了。

去了很远很远的地方，永远不再回来。

"本来植物人很少出现这样的情况，大概是病人主动放弃了。"医生解释。

他曾经是栗原的山，后来面容枯槁地躺在那张床上，再到现在变成一只小盒子搁在屋里。

夏殊燕自那晚后就一蹶不振，好像那些哭喊燃尽了她生命所有的能量。她总是一坐下就发呆，去工厂工作时也出意外被机器绞断了一截食指，于是被辞退回家里，有时甚至出门买菜会突然找不到回家的路。

嘴里碎碎念着什么，不吃饭不睡觉。栗原过去扶她回房睡觉时听到她口中念的是"那可是他救命的钱啊""栗原才不是黑面獠牙""栗原呐"，细细小小的声音，一遍又一遍地这样混乱地念着。

"夏殊燕疯了。"邻里间这样传开。

栗原已经不想再说任何反驳的话了。

而 2012 年所有人都看不到的那个栗原，在一旁看着这一切，她觉得眼前的那个自己和自己渐渐重合，变得不会哭不会闹，好像已经死了。

失去父亲一个月后，栗原也失去了母亲。

她悬挂在卧室的窗台边，瘦弱的身体好像会被风吹走消失不见。栗原甚至冷静地扶正凳子站上去把她抱下来，她死前一定很难受，干枯的皮肤皱得厉害，她的样子还是那样不好看，栗原仰头伸手去合上她的眼睛，那一瞬间，有一滴冰凉的液体从母亲的眼角滑落下来，跌进栗原的眼睛里，她只觉得眼睛里冰凉凉地晕开了一小片，眨眨眼还未反应过来就已经消失了。

母亲给她留下一份保险和一封信，那个原本潮湿狭窄的家，只剩下栗原一个人，突然就变得好大、好空。母亲的信搁在桌上，被风微微吹起边角。

意识形态的栗原簌簌落泪，她胸口里的鸦迅速成长着，快要把她填满。

"栗原，我和你爸爸一直因为生下你很开心。现在我们什么也不能为你做了，还给你留下一堆债，我想了很久，就用这种方式解决吧。你脸上的疤是你爸爸的心病，也是我的，我们真希望你能健健康康、漂漂亮亮地长大啊。我打听过了，保险金的费用除了还债，做手术和学费应该也够的。栗原，你知道我口拙，想说什么也说不出来，我真的还想跟你说好多话啊，栗原，我的女儿呐……"

10

被留在 2012 年的万里终于研究成功，在回去时他想起栗原，那个脸上有疤、长相不算好看、说话总是缺少底气的栗原。这段时间也受了她不少照顾，万里现在心情很轻松，所以想着去看看她，至少道下别。

要知道栗原的家对万里来说是小菜一碟。穿过黑黢黢脏兮兮的巷子，周围都是破败的居民房，最后万里停在栗原家所在的小院前。他抬手敲门时，隔壁屋里的一个穿着陈旧花色毛衣的、身材略显臃肿的女人从窗户边探出身来看了他一眼，那目光意味深长，让万里有些不快。

"你找谁？"大概是见他生得好看，那大婶的表情温和了很多。

万里懒得跟她说话，抬手敲响了栗原家的门。

过了半晌，才有人出来开了门。

看到来人后，栗原愣了一下："万……万里学长？"

她的家可比他想象的还要糟糕，乱糟糟的，也很潮湿，空气里一股发霉的味道，再加上白炽灯的瓦数很小，整个家看起来死气沉沉。而且一阵子不见，这个女生好像裹了层灰，苍老了很多似的。

不过视线扫过客厅里的黑白照片时，万里就明白过来了。

"最近你没来学校啊？"他只好这样说。

栗原点点头。

气氛很尴尬，这在万里的意料之外。他只是想来道个别而已，眼下却有些不知道如何收场。

"我爸爸死了。"栗原突然说，然后又补充了一句，"我妈妈也死了。"

看到她这副模样，万里有些拘束起来："你没事吧？"

栗原没有说话。

"我是来和你道别的，我要回去了。"万里有些后悔自己太轻率地决定来告别，这种时候显然不合时宜。

"回哪里去？"栗原问，见他不回答，又加了一句，"未来吗？"

说到这里她自顾地笑起来，嘴角那抹笑轻飘飘的，不像是故作坚强，应该是……好像接受所有一切的坦然。

"栗原，你真的没事吧？"他都有点嫌自己啰唆了。

"万里学长你知道吗？"栗原看着他很认真地说，"玛雅人预言 12 月 21 日是世界末日，等到了那一天，所有的仇恨眼泪全都会灰飞烟灭，明天就是 21 日哦。"

"你不会相信是真的吧？"万里想笑。

"以前我不信，现在我想相信。"

万里看着栗原蹲下去，头深深地埋进膝盖里。

"等到了世界末日，所有都会变好的。"因为头埋下去，她的声音听起来含混不清。

"栗原。"学长沉默了一会儿，缓缓开口，"玛雅人预言的世界末日是不存在的，从理论上来分析，地球……"

"不要！"栗原尖叫着打断他，然后埋着头"嘤嘤嘤"地哭泣起来。

这让万里更加不知道如何是好了，这个女生在实验花园的时候是常常笑着的。

他的身体难得不听从理智，他蹲下身来，轻轻地把她搂进怀里，然后安抚地拍拍她的头。

"万里学长。"过了好久，栗原小声叫他的名字，"带我走好不好？"

"不行。"他的理智果断拒绝。

"我没有任何地方可去了。这支离破碎的一切我不知道该怎么继续下去。"

"对我来说根本就没有未来。"

她眼角挂着泪，脸上的表情太过哀怨，即使是万里也忍不住感到心头一凛。

"不，栗原。"他说，"未来是存在的，那里一切都很好。"

11

"采集成功。"

栗原听到有人说话的声音，然后迷迷糊糊地睁开眼睛。白色的屋顶和各种闪着光泽的复杂仪器，视线往左一点，她看到了熟悉的脸。

"万里学长。"她觉得喉咙干涩得厉害，脸上湿漉漉的一片，全是眼泪，"这些就是我遗失的记忆吗？"

"嗯。"万里递给她一杯水和一张纸巾。

"我……"

他握握她的手："都过去了。"

被送回公寓时，栗原靠着车窗一动不动，她太疲倦了。万里学长需要时间研究，他提议送栗原回家，被栗原拒绝了。司机还是那个冷面不说话的司机，不过却调慢了车速，虽然此时的栗原并未察觉。

途中外面飘起了雪，雪花掉落在玻璃窗上，白色晶莹，配合着街上的圣诞音乐，倒有了几分节日的气氛。

"这些雪是真的吗？"栗原喃喃地问。

在科技发达的现在，她有些不确定。

"是真的，栗原小姐。"司机回答得很认真，大概是看她状态很差，所以又补充了一句，"无论科技的未来是什么，但有些东西我们是不能改变的。遵从自然也是研究能延续下去的必要规则。"

路过世贸大厦时，巨大的 LED 屏上显示着圣诞的倒计时，还有四天。栗原看到今天的日期时眼睛睁开了一些：2180 年 12 月 21 日。

"琅先生。"她隐约记得他是这个名字，"在我们那个世界，曾经传说过 12 月 21 日是世界末日你知道吗？我离开那天是 20 号，不知道后来怎么样了。"

"是的，栗原小姐。"琅先生从后视镜里看了她一眼，表情似乎比以前要温和一些，"但你现在已经在 2180 年了，这证明时间还在继续不是吗？"

不。栗原心里有个声音在说，那的确是世界末日，因为有一个世界在那一天已经毁灭掉了。

琅先生说时间还在继续。
栗原望着窗外的雪花微笑起来。

12

两周以后。

在实验室奋斗了几天的万里在看清楚瓶子里物体的反应时终于松下口气。

虽然还不能确定染色分解原菌究竟是什么，但通过采集到的记忆内容，他试着做了一个实验：将栗原母亲死前那滴眼泪的成分和栗原心里的染色分解原菌进行了培育，它们融合成了一体。

之后他又做了另一个实验，将融合出的物质与之前采集留下的栗原脸上的疤的细菌放在一起，实验结果是，细菌消失了。

从实验室出来，万里坐在办公室里活动了下身体。

栗原的记忆凝固成的那枚灰色晶体，还放在他桌上的小盒子里。

万里看着那枚已经被采集过的晶体，预想着该如何写接下来的报告。

毫无疑问，是夏殊燕死时的那滴眼泪流进了栗原的眼睛里，进入了她的体内，和她的血液融合在了一起。眼泪的本质并没有问题，却在体内发生了变异——

万里脑海里所搜索解释的词汇，纵使他专业知识一流，具备常人不具有的思维能力，但也一时陷入困惑，该如何拟题命名呢？

——无论如何也无法修复的、破碎的，爱？

这样的题目会让上层拍桌吧。他想。

花期循环

1

时间后退的路只有一条，往前延伸的却有无数条。

——嘿，你有没有发现。

我们曾经渴望的一切仍旧遥远，而连想也不愿想的事，后来变成了现实。

2

时间是晚上 9 点 45 分，便利店内客人很少，我用右手撑着下巴站在收银台前，片刻的空闲眼皮就垂了下去。置身于收银台的女生视线晃到落地窗外熟悉的身影时，身体僵住，眼睛慢慢睁大。

暮色与虹灯交错，穿着宽松黑色连帽外套的你站在其中。只是远远地注意到你的视线，我已慌乱。

等不及 10 点下班，蹩脚地捂住肚子跟前辈打过招呼后，不顾对方黑脸马上跑了出来，气喘吁吁跑到你面前时，四月的风在耳边绕成柔软的呢喃划过。

——不是说不要见面了吗？

——干吗跑来找我，厚脸皮。

——我还在生气，不解释清楚决不搭理你。

——完全不想搭理你！

可是……

一看到你的脸，那些预想好的愤怒全失去了剧本，我仓促蹩脚地站在舞台中央，世界沉寂了，一句质问也说不出来。你是我的死穴。在一起几年争吵又和好，流泪又欢笑，每一次闹矛盾后，只要你重新站在我面前，用怜爱的目光看着我，我就变成软塌塌的布偶，呆呆地任你摆弄。

"冷吗？"我问你。

"对不起。"你轻声说。

"我相信你，不闹了。"

三月花开正好，再生气就错过了。我早就想好。

可是这一次等来的不是你把我拥入怀抱，不是你宠溺地揉揉我的头发，不是你轻轻地允诺"以后都不吵架了"。

等来的是你又说一遍的"对不起。"

你仍旧站在离我一步的距离，安静地看着我，我抬头，读懂了你欲言又止的目光。

心被突然划了一刀。

垂在裙摆前的手十指交叉叠在一起，变成一块错杂偌大的姜，如此牢固地凝在一起，指腹那侧因为用力过多血液积涌而通红。

想伸手抓住你衣角的力气被风吹散了。

3

我本不是懦弱的人。

讨厌麻烦，讨厌复杂，讨厌没完没了，虽不是壮志豪情，也拼命努力一心往前。

所有患得患失全是为你。

我一直功课很好，初中时以年级第一的成绩毕业，长得不差，在学校里一直很受宠，但这一切在高中开学不到一周时破灭了。原因是一班那个叫陈琪的女生。

入学成绩我年级第二，她年级第一，往前追溯一点，她曾拿过英语竞赛全国一等奖。

　　我抱着作业去办公室时，听到连我班主任在内的老师们都在夸奖："一班的陈琪真是厉害，门门接近满分就算了，还长得特别好看。我们班的夏静衫当然也是很努力很优秀的学生，不过比较起来陈琪天分更高一些。"

　　连在洗手间里也全是关于她。"一班的陈琪刚入学就收到一堆告白信哦！脑子聪明就算了，听说性格特别温柔！完美！"

　　即使我不想刻意去听那些传闻，但也知道那个叫陈琪的女生方方面面碾压了我。这让我很是憋屈，我急于表现得并不比陈琪差，但苦于刚入学没有办法入手。焦灼得不得了。连我最要好的朋友小月也跟我喋喋不休地讨论陈琪多么厉害时，我拉下脸打断她的话。虽然小月纠正是"陈旗"，不是"陈琪"，知道对方其实是男生时，我仍旧没得到多大安慰。

　　戳痛我的不是陈旗是男生还是女生，而是对方"天分很高"，我"很努力"。输在永远赢不了的起跑线。原本未有交集的人，却因为对方太过闪耀而变成我心底的一根刺。

　　你瞧，一直顺利长大的我，是如此敏感而又小心眼的人。

　　期中考试，陈旗以甩开我十七分的成绩继续第一，我早早得知，于是缺席了班会课，假装肚子痛跑去图书馆学习。我很喜欢学校的阅览室，大大的落地窗外是绿色的树和草坪，将人行道隔开一些距离，隔开了喧嚣却带着人气。

靠窗的位置已经坐着一个男生，我拿着书坐到旁边，没好意思看他的脸，只注意到他翻书的手很好看，我不是花痴，但隔了一会儿不自觉又看一眼。

结果那天出了事故。

大概在我坐下二十分钟之后，玻璃窗外有身影跌落，我还未回神，就被涌来的尖叫声刺痛了耳膜。人群骚动，我位置优越，木讷地跟着望向窗外时，看到了触目惊心的一幕。有人趴在草坪中央，蔓延的血迹将绿草染成红色。

脑袋里"嘭"地炸开。

我失去意识，因受刺激过度无法逃走甚至无法闭上眼睛，胃里翻江倒海，干呕得很厉害。不知道该怎么办时，旁边的男生蹲到我面前，遮挡了窗外的一切。下一秒他伸手抓住我的肩，以差不多拥抱的力度把我带了出去。

学校的长廊里，男生去给我买了水回来，一言不发只是坐在旁边轻轻拍我的背。那天的具体细节不是忘记，而是整个过程原本稀里糊涂。只记得最后被送回家时天已经暗下来，我情绪慢慢稳定，在门口告别时才终于看清对方的脸。干干净净的，给人阳光清爽的感觉。比我高出很多的他稍微向前倾着头，做出听我讲话的温柔姿态，和他视线相遇时我的心被撞击了一下，一圈圈漾开的全是心动。

"回家泡个热水澡喝杯牛奶,什么都不要想,好好睡一觉。"他说。

我颤抖着声音说了句谢谢,原想矜持,又怕再也见不到,于是问了对方名字。

"我以为你很讨厌我。原本还想问问哪里惹到你,看来都是谣言,你根本不认识我啊。"他似乎松了口气的样子。

"嗯?"

"二班的夏静衫最讨厌陈旗,大家都那样说的。"

"你是……"我慢掉一拍。

——这是我第一次遇见你的场景。

只是听说你的名字就讨厌了你。

还不知道你的名字就喜欢了你。

知道你是陈旗后,因为那点喜欢又愈发讨厌你。

遇见你以后,那些别扭的、不愿惊扰的、不甘又动了心的,全是少女情怀。

4

高三的学姐因为家庭问题和学习压力大,在校外交往的男朋友提出分手,数次挽留不得还被曾深爱的人撕破脸冷嘲热讽，回学校后被人暗中举报到教务处，正需杀鸡儆猴的教导主任以行为不检下达了留校察看的处分。学姐受不了刺激从学校的图书馆顶楼一跃而下。

我病了一周，这些事是回学校后才得知的。

并非绝境，击溃人心的总是感情。

在那之后我再也没去过图书馆，即使去附近的礼堂参加活动也总是绕很远的路过去。

我重回学校那天，你到二班的教室把那天在图书馆落下的书还我。

周围的人都看着呢，我别扭地和你站在一起。你好像无所谓，问我身体好了吗？我点点头，尴尬地对你说谢谢。回到座位以后懊恼自己不近人情的表现，你大概觉得我是那种不知好歹的女生吧？虽然这样想着，当小月好奇地过来八卦我们怎么关系这么好时，我又满不在乎地说了一句"不熟"。

我一点也不想喜欢你。

一点也不想变成那些花痴你的女生中的一个，一点也不想这样完完全全彻彻底底地输给你。我要考第一，去最好的大学，遇见最好的人，拥有最喜欢的未来。我怎么能和那些只会讨论化妆品和八卦的女生一样被你迷得晕头转向呢？

我不能接受那样的自己。

班级虽然相邻，但说见不到就真的见不到，之后各回轨道怕难再有交集。这样想时我一边觉得庆幸，一边有点伤感。

该说事与愿违还是天意弄人呢？高二文理分班，我们竟然变成了同桌。你还是第一，我还是万年第二。简直孽缘。

但是自那之后，整个高中生活变得不同了。一点点熟悉起来好像是顺理成章的事，在分组时自然地分在一起成为最强组合，参加活动自然地问一句"那你去吗"，班级聚会时你旁边的位置自然地留给我，新年发短信时自然地第一个发给你，考试结束后也更自然地关心对方的成绩。

我们一起去很多地方学习，食堂、办公室、咖啡厅，讨论英语发音问题，讨论数学的某道答题是否有更简单的解法，讨论教导主任的口头禅，偶尔也讨论班上某某和某某某的八卦。有时我暗暗较劲要比你更快找到题目的解决办法，洋洋得意向你卖弄时，你总是笑着夸我聪明，等考试时又比我高出几分。

"每次都考第一是什么感受？空气更清新吗？吃饭更香甜吗？"我忍不住揶揄你。

"你下次要试试看吗？"

"不要！"我真怕你会让着我，加强语气补充，"我要光明正大考过你，绝对不要让着我！"

"好。"

是对手也是朋友。

之后每次测验成绩下来，你会请我吃甜品安抚我受伤的心灵。

第二次全市诊断性考试，我甩出第三名 20 多分，你依旧比我高 7 分。

"我好像永远也考不过你了，真的。"

"那也要加油，乖乖跟在我后面。"你表情认真地看着我，"因为你，我才一直往前的。"

这样的话是蜜糖，甜到心尖，我却禁止自己多想。点到为止，我们这样保持着微妙的距离。

真正的你比传言中更好。温柔、聪明、独立，为别人着想，因此相处后越发觉得你帅气。假期一个人计划好去国外旅行，国外学生来访时你流利的英语让教导主任觉得有面子，大为赞赏，你清楚以后要去哪所学校哪个专业，给人的感觉是脑子里装满了知识，只要是你讲的话就充满了信服力。你擅长很多却不骄傲，没有十七八岁少年的戾气，有家教、微笑、皱眉都拿捏得恰好。

你现在闪闪发光，将来也会。

对于少女来说，你满足了所有幻想，没有理由不喜欢你。

于是我告诉自己不能陷入其中，不可以斟酌你的只言片语，不可以计较你对我与别人的态度差异，不可以贪恋你的温柔。这样才能长久留在你身边，不会丢了你。

我越在意你，就越懂得克制。

不管怎么样，对你的那些嫉妒早已不知所踪，每次组合做课题作业，当其他人用羡慕的目光看着我们时，我心里全是满足全是骄傲。

这些回忆到现在还很清晰，好像发生在昨天。

你无须记，而我不能忘。

5

我是骄傲又自尊心强的人。

小学三年级的时候，新年去姥姥家团年，一大家人聚在一起，从国外回来的叔叔给所有的小孩带了礼物，我得到一只兔子布偶，因为特别可爱被小表妹眼泪鼻涕威胁给她，我总是让着她，却讨厌她每次都用这种手段抢我的东西，那天倔脾气上来偏不给，一怒之下还把她推倒了。因为那一推，兔子也就给出去了。吃饭时她抱着兔子冲我得意扬扬地笑，饭毕却觉得无聊了还我。"不要。"回家后我扔在角落里，从没玩过。

我妈总跟我说："别总死撑，最后吃亏的还不是你。"

掉了牙的伤口流着血，我能笑着吞下去。

比起哭着换来爱怜，我讨厌变得难看。

所以，总被抢走东西的是我，被指责的也是我。都是我活该。

我曾以为你是理解我的，却是我错了。

这次冷战是我们最长久的一次。原因是知道你有女朋友还对你穷追不舍的经管系系花要申请和你一起去日本做半年交换生的名额。名额一共两个，你之前去参加过相关活动，早早内定，通知发下来后你曾问我要不要一起去。

"我哪有心思再学一门日语，不要不要。"我果断拒绝了。其实那天我想对你说我家里最近的烦心事，见你苦笑了下，自尊心作祟又没说。

之后我觉得可能让你受伤了，想解释，但你总是很冷淡，我自然也提不起神。就这样过了两周，系花以寻求经验为由一直跟你联系，冠冕堂皇醉翁之意不在酒，我自己放弃申请，让你不搭理她会显得我特别小气，只好气在心里，看你好像忙得不亦乐乎心倒有些凉。

约好去买东西，你却迟到十五分钟，我不介意等你，但介意你用这十五分钟帮系花修改申请书格式。打电话给你时，我不愿生气，故作大度："不用管我，你们之后估计还有别的要忙，别显得我小心眼，你慢慢来。"

你竟然说："好。"

之后儿大，你没有联系我，我也没有联系你。

现在你到我打工的地方接我，我以为你会给我拥抱，你却说"对不起"。

我觉得自己心快疼死了，你却站在夜色里问我："静衫，你真的喜欢我吗？"

你脾气好，我骄傲，每次有了矛盾，外人不问缘由总是让我原谅你。你小心翼翼地包容我，我总是罪魁祸首。没错，在一起的几年，为了小事发脾气的是我，先不搭理对方的是我，但最先心软的是我，只要你一来找我就马上跑向你的也是我……

恋人之间，问题可大可小，"不能解决"更多是"不想解决"。

你疲惫了，我只好假装厌倦。

一直跟在你身后也没关系，却怕你讨厌我。

和你在一起之后，我总觉得你太好，好到让我忘记自己也不差。自尊不愿承认，只好压抑卑微变成骄傲，不可一世，爱不爱你都是分分钟的事。

其实任何风吹草动都让我条件反射地想要逃跑。

虽然爱你，仍怕自己受伤。

高三那年平安夜，我们一起去买晚会的准备用品。

从商场里提着几只大袋子出来时，天空飘着小雪，你负责了所有重量，而我举着伞跟在你旁边。雪融化后路很滑，去往车站的路上我差点摔倒，跟跄几步后才稳住身体，觉得丢脸而满脸通红。你将袋子换到另一只手里，空出的一只手牵着我继续走。你的手很大很暖，那一瞬间我竟有如愿以偿的安心。

整个过程特别自然，自然到我忘了原本该拒绝。

——是的，我们不能牵手走在一起。当时的你是有女朋友的，艺术班的班花。你们没有公开恋情，也未被目击过逾距行为，但整个高三年级里彼此心照不宣。

听说你们去食堂吃饭了，听说你们乘电车回家了，听说你们怎么怎么了……

全是"听说"。

有几次打电话说完作业后，也曾聊过你那些前女友的事，话题到此为止。我们默契地不聊现在的种种，我从不问，你也从不提。这样就很好，人有时候知道的越多越难放弃。

那天晚上，你打电话问我之后的自主招生报名截止时间。

我想了很久，终于打算问你："我听说……"

——听说你和艺术班的 XX 在交往，是真的吗？

"你说。"当时你已经做出回答我一切提问的准备了吧。

"算了，只是无关紧要的小事。"

问不出口。或者说，不敢问。

圣诞活动在班级内部举行，桌子围成圈，中间空出来表演。我和小月坐在一起，你从办公室回来后习惯性地找我，旁边已经没有空位，你坐到了对面。我心事重重，活动结束后和小月一起回家，她说活动时你一直在看我，我没有搭理你，你好像有点受伤。

她问我："你们怎么了？有什么矛盾就好好解决嘛。"

怎么了？我们能怎么呢？

明明就是因为不能怎么才没办法解决啊。

那时候，我对我们的关系很无力，也做不出抢人家男朋友的事，自那之后远离你，先以视力不好为由请求坐到曾经最讨厌的第一排去，吃饭做课题也变成了和小月一组。人与人之间的感情需要无数细节堆积，变冷却不费吹灰之力。你就这样淡出我的生活。

我们本就没什么，高三越往后越关注自己也是特别正常的事，在大家眼里我们只不过变回了竞争对手，不来往也是情理之中。

不能被笑话，不能制造出我是受了伤才远离你的景象，更重要的是，不能有时间空出去想你。我只好拼命学习，不留空隙。第三次诊断考试我终于如愿考到第一，第二却不是

你，第三也不是。我的视线在排名表上滑到第十几行，才终
于找到你。

他们说艺术班的班花要出国留学，你们肯定不能在一起
了，所以受伤无心学习。

达成夙愿的欣喜瞬间被浇灭，我气不打一处来，只差冲
到你面前敲打你的脑袋质问你怎么不分轻重。

从办公室退出来时，在走廊遇到你，能预料你是被唤来
挨训的。走廊上没有其他人，和你迎面时，我格外局促，在
意发型，在意衣着，在意手该放哪里，在意什么表情面对你
最合适。我焦灼的心里烧出无数小洞洞，而你眼神无力地从
我身上掠了过去。

你没有和我打招呼，悄无声息地和我擦肩而过。

我从没那样难过过，真的。

只觉得要失去你了。

——和现在的心情一样。

6

小月说："骄傲的人不适合谈恋爱，你这是活该。"

我不只骄傲，也自私。

除了自私，还理智。

我想过的，你喜欢我的理由是什么呢？

你越来越清楚我的种种恶习和矫揉造作，包容都有期限，而我越爱你越对自己失去信心。大学以及大学以后，毕竟和中学时代不同，除了成绩还要看背景家事种种，你是全优生，而我不是。人到中年的洒脱父母说离婚就离婚，只是通知我回去吃"散伙饭"，已经成年的我没有理由干涉他们的人生，只好收起大小姐的所有习性去拼命打工。

过去喜欢你的是班花，现在喜欢你的是系花，将来对你穷追不舍的是更漂亮更优秀的女生。

我现在开始担心学费，将来担心就业，到了中年担心对你失去吸引力，会变得越来越乏味。

交换留学虽然是公费但仍旧会花一大笔钱，我不是不想和你一起，而是去不了。

我没有自卑，只是担心不能帮你变成更好的人。

努力追赶你的脚步，我怕自己迟早有心无力。

而这些，聪明如你，比我更清楚吧？

所以，以前为了"在一起"而选择和我同一所大学同一个专业的你，为了陪我而改变早睡习惯熬夜的你，为了我高兴努力吃辣的你，终于开始选择更好的路。在我不愿申请交换生时你没有考虑过放弃。虽然性格温柔，但怕我不高兴而不搭理其他女生的你，终于也能笑着帮系花耐心修改材料。终于在我退缩时，你也开始考虑谁爱谁更多这种问题。

——并不是吵吵嘴冷冷战的问题。

——我们内心最深处考虑的，是未来有关的事。

——而那些细枝末节的种种，都是重要线索，不是吗？

与其担心随时会失去你，不如彻底失去算了！

患得患失的自己，明明小气又装大度的自己，喜欢你而变得卑微的自己，我很讨厌。不过就是失恋而已，该吃吃该喝喝，过一阵伤口就会愈合。

没什么大不了，没什么大不了，没什么大不了。重要的事说三遍。

可是。

和你去过的图书馆不能去了。

和你去过的食堂不能去了。

和你去过的咖啡厅不能去了。

和你去过的电影院不能去了。

和你去过的地方全都不能去了，去了心思全是你，什么都做不了。学校这么大，竟全是你的痕迹，我只好躲得远远的。

变成愚蠢的鸵鸟。

7

三月末，学校公布了交换生名额。

是你和系花。

周围的人等着看好戏，我却早早偃旗息鼓，至少做到毫不在意地从张贴栏前经过。走到没人的楼梯口时马上泄了气，走神时一脚踩空差点滚下去，命大抓住了扶手却听到右脚踝"咔"地扭到的声音。

我痛得看不清楚眼前的路，却依旧能分辨出外面路上你的身影。

大一的元旦晚会，忙完学生会工作的你出来找我。事先说到时联系，结果洗手时手机从口袋里掉进水池。在喧嚣的人群里，我们互相搜索对方，我一眼就看到你。不是因为你高，不是因为你穿了什么特别的服装，只因为是你，在我眼里就和全世界其他人不同。

一眼就能认出你。

当时得意地跑到你面前的我，现在却克制自己不叫出你的名字。你和系花走在一起，你高她瘦，看起来非常般配。你肩膀上沾了樱花瓣么？她笑着伸手给你拿走，你也笑了笑，应该用温柔的声音说了一句"谢谢"吧。

——你居然笑得出来。

我气炸了，脚痛得眼泪快掉出来了。

那天晚上我做了一个梦，地点竟然是日本。

大概是正月的浅草寺。和服少女们迈着碎步从身边经过，虹光里小孩子对着镜头摆出剪刀手的姿势。

祭典还在热闹地继续。

米酒喝到一半时身边没有你的气息，匆匆放下一枚硬币追出来。前方不远处，只望见你穿着白衬衣的高高瘦瘦的背影。

耳边沸腾着的音乐和嬉笑声里，我抬了抬手，试着叫你的名字。

你走向人群深处，没有回头。

——你真的要走了。

醒来后我也哭了好久，把手机扔得远远的，忍住不给你打电话。

还好脚只是普通扭伤，肿了两天痛了一周。

我不想去上课，但打工的地方不想再因为请假而被前辈黑脸。收拾东西去上晚班，查看时间时手贱翻了翻来电记录，我们已经九天没联系。神经又断开。刷牙时稀里糊涂把洗面奶当成牙膏，洗脸时又把牙膏当成洗面奶，化妆时忘记拍保湿水，用化妆棉沾了 BB 霜，换贴脚上的膏药总歪，来来回回扯好几次只好再换新的，泡茶时又愚蠢地直接用手去端锅，烫得撒手，水又洒了一地，临近出门才发现手机充电器根本没有插进插座里，我在房间里团团乱转，快要迟到才赶去车站。

刷卡出去时才发现包的拉链大开，除了一直拿在手里的手机，钱包之类的早已不见踪迹。

甚至连补票出车站的钱都没有。

我几乎精神崩溃了。

不能再计较种种，利用剩余的电量给你打电话，听到你声音时"哇"地大哭起来。

你马上赶来，一如高一那年从事故现场带我离开。

我委屈到死，喋喋不休、词不达意、指责你不理解我，不喜欢我，不在乎我的感受，指责你抛弃我跑去别的国家，还跟别的女生一起去，指责你我脚受伤疼死了你正对别的女生笑……

一股脑儿的，哀怨全抛给你。

我哭得厉害，你却笑起来。

"陈旗你什么意思？！"我真的炸掉了。

"没什么，就是觉得不理智的你也很可爱。"

我是被谁逼疯掉的？你还有脸说？

扶我回去的路上，夜风微凉，你没有脱下外套给我，而是直接把我裹了进去，然后停住笑问我："你还记得我们高三冷战小半年的事吗？"

8

走廊上我们擦肩而过的那天晚上，我给你打了电话。

小心翼翼两句后就开始质问你成绩下降那么多怎么回事。

"被甩就被甩，至于不思进取堕落吗？这一点都不像你。"

"但莫名其妙搞不清楚状况，不得不想。"

"那就去问清楚啊，你这样算怎么回事，我实在看不下去了！"

"你在生什么气？"你不解，"让我莫名其妙的不是你吗？"

——什么意思？！

"突然不跟我说话，不和我同桌，甚至不跟我视线交汇。那天晚上牵你手是我不对，可是你至少给我一个道歉的机会。"

"你在说什么？"我脑子里空白一片，"你不是被艺术班的班花甩了吗？"

"我跟她是青梅竹马好朋友。"你顿了顿,"把我甩掉的人,是你。"

我买了一张彩票,怕失望所以不敢期望中奖,扔在角落里不去管它,搞错期数误以为真的变成废票时又满心不甘懊恼。真的中了大奖时却又不敢相信。

那些矛盾复杂的心情,终究抑制不住巨大幸福的心情……

——到死都记得。

——我以为忘记的是你。

风大了一些,快下雨了。

街上的人加快了脚步,我们却不着急。在你身边最是安心,管它刮风还是下雨,能这样走下去就挺好的。

"是另一件事。"你纠正我。

嗯?

——我突然想起来。

高三填完志愿的那天下午,你牵起我的手在学校里大摇大摆地逛了一圈,遇到认识的同学也不肯放开,惹来一阵阵尖叫。

"太招眼了。"我红着脸想挣脱你。

当时的你没有放手。

"你总是想太多,我有时觉得你很近,有时又觉得你离我很远，抓不住你。"此刻的你继续牵着我的手，"以后都不会放开你的手，不然你又傻乎乎地一个人跑走了。"

原来搞错重点的是我。

"你跑得很快，我怕跟不上。"我很沮丧。

"我不是为了甩掉你才跑那么快，是为了给你带路才走在前面。"

四月的雨落下来。

先是一颗一颗，落入发间，在头皮间沁出一小片凉意。继而变成连续的点，密集的雨声由远及近，振聋发聩。

"静衫，好的未来不是大房子、好工作、有很多存款，而是你在。"我听到你温柔的声音，"以后的事就交给我来考虑吧。"

银色的线条在路灯暖黄的光照里像一场急促的流星雨。

把视线抹花得一塌糊涂。

9

虽然和好了，最终还是错过了最好的花期。

"春天过后花就谢了。"我有些惋惜。

"明年还会再开的啊笨蛋。"

　　"可是，那时候我们还在一起吗？"

　　"我倒想问问看。"你止了脚步，郑重地看我，"你告诉我，我们不在一起的理由。"

　　也是。

　　往后还会一起遇见很多很多春天。

　　我笑着扑到你怀里。

大家好，我是辜好洁。

怎么说呢，原本是打算先出版"虹"系列的绿色篇和紫色篇（长篇小说），因为各种各样的原因，恐怕先跟大家见面的是这本短篇集。

这本书分为"轻""白""彩"三部分。

其中，"轻"篇收录的是一些专栏、纪行、生活类的短文。

有时觉得人生蛮神奇的，我们迈出的每一步那么微小，却又那么重要，如果将时间线拉长，每一步之间微小的差异甚至倾向的角度，都可能引导出不同的人生方向。

"白"篇是虚虚实实的小故事，"彩"篇基本是小说。

《我可以喜欢你吗》《你看到的我是蓝色的》等几篇都写得比较早，《花火》《破碎之爱》等是一些命题作品，很开心这些文字能有机会被收录在一起。

《如痕迹消失于海岸》是关于留学生活的小故事之一（同系列有《我已离开太远》《就像拥抱一只小狗》等，那几篇收录在《你我之间半透明》里），这个系列我还会继续写下去。

一些故事在发表后，常常会收到的读者反馈之一就是"真的假的？"的疑问。

如果做一些访谈，也会常常会被询问"如何创作出那些故事的呢？"

说起来，我认识的一些作者会严格区分小说与散文，绝不在散文中虚构。也认识一些作者只写小说绝不写散文，因为在小说中表达更淋漓尽致、自由安全。

而对于创作的题材和内容，我好像不擅长去清晰地论述和做交代。

所以很抱歉收到类似提问时，我常常因为不知如何作答而作罢。但能被读到、被思考，让我感觉不错啦，希望在文字的世界里有更多相遇。

为了写出更好的故事，我会继续写下去的。

这本书定稿于春天。

疫情还没有好转，但天气暖和起来，樱花也盛开了。

希望一切一切，都能如春天一样美好，如春天一样，暖暖和和、充满希望。

以上为记，我们下本书见。

2021 年 3 月 28 日于东京